dtv

Der Anblick der toten Sarah Lo Russo geht dem jungen Polizisten Acanfora nicht mehr aus dem Kopf. Wer hat die zwanzigjährige Studentin in ihrem Wohnhaus in einem betuchten Viertel von Neapel ermordet?
Unerfahren, aber hartnäckig und gewitzt macht sich Acanfora an die Lösung des Falls. Es sind flirrend heißte Sommertage, und die Stadt hält vor Hitze den Atem an. Acanfora und sein Boss, der vom Leben gezeichnete Commissario Santagata, stoßen bei ihren Ermittlungen auf eine vertraute Mischung aus Vertuschung, Lügerei und Kleinkriminalität. Doch die Wahrheit ist in ihrer Banalität viel schlimmer als alles, was sie erwartet haben.

Andrej Longo, geboren 1959 in Ischia, wuchs in Neapel auf. Sein Vater gab ihm seinen Namen in Anlehnung an eine der Hauptfiguren aus »Krieg und Frieden« von Leo Tolstoi. Longo arbeitete zunächst als Pizzabäcker, Surflehrer sowie für Radio und Theater, bevor er sich ausschließlich dem Schreiben widmete. Longo lebt heute vor allem in Rom, doch ›Neapel‹ ist nach wie vor sein großes Thema. Für seinen außerordentlich erfolgreichen Erzählungsband »Zehn« wurde er mit zahlreichen Literaturpreisen ausgezeichnet.

Andrej Longo

Sarahs Mörder

Roman

Aus dem Italienischen
von Constanze Neumann

Deutscher Taschenbuch Verlag

Von Andrej Longo ist im Deutschen Taschenbuch Verlag erschienen:
Zehn (14109)

Ausführliche Informationen über unsere Autoren und Bücher finden Sie auf unserer Website www.dtv.de

MIX
Papier aus verantwortungsvollen Quellen
FSC® C019821

2013
Deutscher Taschenbuch Verlag GmbH & Co. KG, München
Die italienische Originalausgabe erschien 2009
unter dem Titel »Chi ha ucciso Sarah?« bei Adelphi Edizioni, Mailand.

Umschlagkonzept: Balk & Brumshagen
Umschlaggestaltung: Wildes Blut, Atelier für Gestaltung, Stephanie Weischer unter Verwendung eines Fotos von plainpicture/Arcangel
Satz: Fotosatz Amann, Aichstetten
Druck und Bindung: Druckerei C.H. Beck, Nördlingen
Gedruckt auf säurefreiem, chlorfrei gebleichtem Papier
Printed in Germany · ISBN 978-3-423-14196-3

Für Lucy, die Einzige

1.

»Scheiße, ist das heiß heute, das gibt's doch nicht.«

Cardillo wedelte sich mit der Dienstmütze Luft zu.

Ich war grade mit ein paar Akten zugange und tippte an dem Computer herum, den wir seit einem Monat hatten, raffte aber nichts. Als ob mein Gehirn geschmolzen wäre.

Währenddessen nervte Scarano mit dem Totoschein für die Pokalspiele rum.

»Milan–Neapel«, schrie er.

Wir tippten alle unentschieden, außer Musella, der Neapel doof fand, seit Maradona weg war, und immer dagegen wettete. Scarano beachtete ihn nicht und kreuzte eins an. Das nächste Spiel war Nocerina gegen Juventus. Zwei, ganz klar, aber so ein Typ, der Anzeige wegen einer gestohlenen Vespa erstatten wollte, mischte sich ein:

»Juve könnt ihr vergessen! Nocerina spielt mindestens unentschieden.«

Und zu Cardillo: »Mein Cousin steht im Tor, da kriegen die keinen rein.«

Wir blieben trotzdem bei zwei.

Nachdem der Schein ausgefüllt war, kassierte Scarano die Einsätze.

»Wie viel?«

»Fünftausend.«

Obwohl mir Toto scheißegal war, zahlte ich die fünftausend Lire, sonst nervte er nur weiter. Während er das Geld einsteckte, fragte er, ob ich für ihn auf Streife gehen könnte.

»Kein Bock, frag Cardillo.«

»Der? Hat der vielleicht schon mal irgendwem einen Gefallen getan? Vergiss es.«

»Scarà ...«

»Ich will mit meiner Tochter nach Lucrino fahren, zum Baden.«

»Kann ja sein, aber ...«

»Sie sagen, dass es vielleicht besser wird, wenn sie sich im Wasser bewegt. Glaub ich zwar nicht, aber was soll ich machen? Es gar nicht erst versuchen?«

»Okay, Scarà, schon gut.«

»Super, danke. Ach so, du bist mit Cipriani dran.«

Cipriani ging uns allen auf den Sack. Ich hatte nichts gegen ihn, er ist eben aus dem Norden und nervt. Jedes Mal, wenn er den Mund aufmacht, nimmt er es ganz genau, aber was soll's, jeder ist anders, dafür kannst du ihm nicht den Kopf abreißen.

In dem Moment kam Lo Masto rein. Er war in Zivil und zerrte einen kleinen Pisser hinter sich her, dreizehn vielleicht, das Gesicht von der Straße schon total verludert.

»Santagata?«, fragte er. So heißt unser Kommissar.

»Nicht da«, antwortete Cardillo.

»Wann kommt er wieder?«

»Keine Ahnung.«

Lo Masto schnaufte. Als er mich über den Akten sah, sagte er, weil ihm der Papierkram egal war:

»Bring ihn runter, Acanfora, ich hab zu tun.«

Ich ließ die Papiere auf dem Tisch liegen und stand auf. Als ich zu ihm ging, drehte sich der kleine Arsch nach Lo Masto um und grinste frech.

»Was willstn du, Mann? In drei Tagen bin ich eh draußen.«

Er hatte den Satz noch nicht ganz raus, da langte ihm Lo Masto eine.

»Machst einen auf dicke Hose, weil ich in Handschellen bin«, lachte das Arschgesicht.

Lo Masto wollte sie ihm schon abnehmen, aber Scarano und Cardillo gingen dazwischen, und ich schaffte ihn schnell weg.

Ich ging die Treppe runter, schloss die Zelle auf, nahm ihm die Handschellen ab, ließ ihn Schnürsenkel und Gürtel in eine Tüte legen und schob ihn rein. Dann schloss ich ab und wollte gehen.

»Haste 'ne Kippe?«, fragte er.

»Ist verboten.«

»Komm schon, nur 'ne Kippe.«

Konnte ich machen, von einer Zigarette ging die Welt nicht unter.

»Feuer, Bruder.«

Jetzt reicht's, dachte ich, ich geb dir 'ne Kippe, du bedankst dich nicht, stattdessen wirst du immer dreister, irgendwann ist Schluss.

»Bitte!«, sagte er zuckersüß.

Ich dachte, vergiss es, holte aber doch mein Feuerzeug raus und gab ihm durch die Gitterstäbe Feuer. Er nahm meine Hand und drückte fest zu, während er sich die Zigarette anzündete. Wollte wohl den Starken markieren.

Nicht mit mir, dachte ich, und wartete, dass die Zigarette brannte.

Dann grinste er mich blöd an.

»Haste 'ne Schwester?«

»Was willstn von der, bist doch noch nicht trocken hinter den Ohren.«

»Wenn ich die in die Finger kriege, bleibt bei der auch nichts mehr trocken.«

Ich zog meine Pistole.

»Ich mach dich gleich trocken, wenn du deine Scheißfresse nicht hältst.«

»Mein Gott, will er mich jetzt erschießen oder was ...«

Er blies mir Rauch ins Gesicht.

»Dann schieß doch, los, wollen wir mal sehen – schieß, wenn du ein Kerl bist!«

Ich steckte die Pistole weg und ging, sonst hätte ich ihn wirklich erschossen.

Eine Stunde später saß ich mit Cipriani im Auto. Normalerweise blieb ich im Kommissariat, war mir lieber so, aber wenn wir wenige waren, vor allem in der Urlaubszeit, musste ich manchmal auch Streife fahren.

Cipriani saß am Steuer.

Am Anfang, während der ersten Zeit hier, wollte er das überhaupt nicht. Der Verkehr ist der Wahnsinn, hat er gesagt, da könnte er nicht fahren. Er war eben aus Brescia, was wussten die schon von Verkehr? Als ich im Norden war, bei meinem Bruder, hab ich mal einen Abstecher dorthin gemacht. Gut organisiert, sauber, ordentlich, alles funktioniert, alles ist, wo es hingehört. Zum Beispiel die Busse, die kommen nicht wie bei uns nur alle Jubeljahre. Dort gibt es an der Haltestelle ein Schild, auf dem steht, dass der Bus alle zwölf Minuten kommt, und das tut er dann auch. Wenn einer seinen Kaffee in der Bar trinkt, lässt er das Auto nicht mitten auf der Straße stehen, wie es ihm grade passt. Und dann keine Überfälle, auf der Post alle ordentlich hintereinander in der Schlange, alles ruhig. Als ob nie was passiert, und vielleicht passiert wirklich nie was. Nicht, dass es hier besser ist, aber ab und zu muss schon was los sein. Jedenfalls gewöhnte sich Cipriani langsam an den Verkehr, und inzwischen ließ ich ihn fahren, wenn wir zusammen auf Streife waren, da sparte ich mir den Stress.

Wegen der Hitze hatte ich mein Hemd aufgemacht und das Pistolenholster abgelegt. Cipriani hatte nicht mal die Mütze abgesetzt. Ich kurbelte die Fenster runter, aber von draußen kam noch heißere Luft rein. Und Fliegen. Wie in Afrika. Ich war noch nie in Afrika, aber immer, wenn sie im Fernsehen irgendwas von da zeigen, haben die Leute Fliegen im Gesicht, vor allem die Kinder. Deshalb stelle ich mir immer vor, dass es bei uns im August genauso ist, dieselbe Hitze, dieselben Fliegen. Ich machte die Fenster zu und versuchte, die Lüftung anzustellen, aber die war kaputt, und bis sie die reparieren, das kann dauern.

Auf der Straße fuhr nur ab und zu ein Auto vorbei. Die Geschäfte waren alle zu, und die paar Leute, die unterwegs waren, liefen im Schatten an den Häuserwänden entlang.

»Na Ciprià, wie in Brescia hier heute, oder?«

Er lächelte gequält und antwortete nicht.

»Scheiße, muss man dir jedes Wort aus der Nase ziehen?«

Weil er weiterschwieg, ließ ich ihn in Ruhe.

Auf der Piazza Vittoria überholten wir eine Straßenbahn, in der außer dem Fahrer nur ein alter Mann saß, das Gesicht an die Scheibe gelehnt. In Santa Lucia kam uns ein Mofa mit drei Jungs drauf entgegen, die in Richtung Strand fuhren. Nicht älter als zehn oder so.

Cipriani schaute mich an.

»Lass gut sein, Ciprià.«

Er seufzte, sagte aber nichts. Gott sei Dank, dachte ich, lernt der endlich, wie man hier durchkommt.

Gegen halb drei hielten wir vor Madonnas Kiosk in Mergellina. Die nennt sich so, weil sie meint, dass sie wie Madonna aussieht und besser singt. Keine Ahnung, wie sie singt, aber wie Madonna sieht sie jedenfalls nicht aus mit ihren zwei Zentnern und dem Gesicht voll roter Pickel. Sie saß unter einem Sonnenschirm, die geschwollenen Füße im Eimer mit den gekühlten Getränken.

»'Ne Cola und 'ne Flasche Wasser, Madò.«

Ohne die Füße aus dem Eimer zu nehmen, gab sie

mir eine Cola und ein Wasser. Ich zog mein Portemonnaie raus, aber sie wollte kein Geld. Seit ich bei der Polizei bin, muss ich an keinem Kiosk mehr bezahlen. Die haben alle keine Konzession, aber egal, wir lassen sie in Ruhe, die stören niemanden. Deshalb nehmen sie auch kein Geld von uns. Ich versuche trotzdem immer zu bezahlen, so zu tun, als wäre das normal, finde ich nicht okay.

Dann ging ich an den Tisch, wo Cipriani auf mich wartete. Obwohl er schwitzte wie ein Schwein, setzte er die Mütze nicht ab. Der Schweiß lief ihm die Stirn runter, aber er gab keinen Mucks von sich, als ginge ihn das nichts an.

Ich setzte mich und packte den Panino von Mamma aus, mit Mozzarella und Auberginen drauf.

»Willst du ein Stück, Ciprià?«

»Nein danke, ich hab schon gegessen.«

»Probier doch wenigstens.«

»Nein, wirklich nicht.«

Ich biss ab, er trank einen Schluck Wasser.

»Ist es hier im August immer so heiß?«

»Ist dieses Jahr schlimmer als sonst«, sagte ich und aß weiter.

Cipriani schaute zum Strand. Ein Sonnenschirm am anderen, alle am Baden.

»Magst du das Meer?«

»Mir sind die Berge lieber.«

»Wir haben den Vesuv.«

»Das ist was anderes.«

»Wieso denn, ist dir wohl nicht hoch genug?«

»Ach, vergiss es.«

»Aber weißt du was? Während der Saison mag ich das Meer auch nicht.«

»Welche Saison?«

»Die Saison, Ciprià, der Sommer, August. Zu viel Dreckspack. Da musst du betteln, um irgendwo dein Handtuch hinlegen zu können. Kreischende Bälger. Überall Familien. Und dann erst der Gestank nach Sonnencreme. Kokos, ist dir das schon mal aufgefallen? Zum Kotzen. Vielleicht ist es im August in den Bergen besser?«

»Da ist dann auch ganz schön was los.«

»Na, dann lass uns den kühlen Fleck hier genießen und nicht weiter drüber nachdenken, was?«

Wir gingen zurück zum Auto und fuhren weiter durch die Straßen. In der Hitze zerfloss der Asphalt. Auf einer Bank saßen zwei Schwarze, hatten das Hemd ausgezogen und aßen Eis. Ich trank die Cola aus, und als wir an einer Mülltonne vorbeifuhren, versuchte ich, die Dose reinzupfeffern. Daneben. Sofort bremste Cipriani und stieg aus.

»Was ist denn?«

Aber ich wusste schon: Ich sah, wie er die Dose aufhob und in die Mülltonne warf.

»Gott, übertreib's nicht!«

»Hör mal, man schmeißt nicht alles einfach auf die Straße«, sagte er todernst.

Mir lag auf der Zunge, dass es auf eine Dose mehr oder weniger nicht ankommt, hatte aber keine Lust auf Streit. Ich holte meine Zigaretten raus und zündete mir eine an. Sofort fing Cipriani an zu husten.

»Du weißt, dass mich das stört.«

»Schon gut, ich mach sie gleich aus.«

Ich zog ein paar Mal und drückte die Zigarette dann im Aschenbecher aus.

Wir waren schon eine Stunde lang so rumgefahren, als ein Anruf aus der Zentrale kam.

»Zentrale an Como-Santa Lucia 11, Zentrale an Como-Santa Lucia 11, Achtung, bitte melden.«

Das war Cherry. Die nannten wir so, weil sie massenhaft rote Haare hatte, wie eine Löwenmähne sah das aus. Sie war die einzige Frau bei uns und spielte sich gern auf. Ab und zu sagt sie: »Jetzt reicht's aber mit Cherry.« Auf die roten Haare war sie trotzdem stolz und den Spitznamen fand sie doch lustig.

Ich nahm das Mikro vom Radio.

»Como-Santa Lucia 11 an Zentrale. Wir hören.«

»Ihr müsst in die Via del Parco Mastriani Nummer 7. Von dort hat einer angerufen. Er hat was von der Treppe, dem Hausflur gesagt, viel war nicht zu verstehen. Wenn ihr in der Gegend seid, schaut mal vorbei.«

»Via del Parco Mastriani, wo soll das denn sein?«

»Geht von der Via Posillipo ab, ungefähr auf Höhe vom Palazzo Donn' Anna.«

»Alles klar, Cherry«, sagte ich, um sie zu ärgern.

»Nerv nicht.«

Ich gab Cipriani ein Zeichen, in Richtung Piazza Sannazzaro abzubiegen und schaltete die Sirene ein.

»Warum die Sirene?«

»Dann sind wir schneller da.«

»Ach komm, die Straßen sind doch leer, und in den Vorschriften steht, dass wir die Sirene nur bei Gefahr benutzen sollen.«

»Kann doch ein Notfall sein, wer weiß.«

»Die Vorschriften ...«

»Schon gut, Ciprià, schon gut.« Ich schaltete die Sirene aus. »Zufrieden?«

Das war es, was nervte. Kann ja sein, dass er recht hatte, aber diese Sturheit, mit der er jeden Mist exakt richtig machen wollte, machte mich fertig.

Während wir nach Posillipo hochfuhren, versuchte ich, ihm das zu erklären.

»Bei mir zuhause ...«, fing er an.

»... macht man das so, schon klar. Aber hier sind wir nicht bei dir zuhause.«

»Na und?«, fragte er beleidigt.

Ich hätte genauso gut mit der Wand sprechen können.

»Nichts, Ciprià, entspann dich, schau mal, die Häuser!«

Er sah sich um.

»Keine schlechte Gegend.«

»Keine schlechte Gegend? Die schwimmen hier im Geld. Halt, die hier rechts muss die Via del Parco Mastriani sein.«

Er fuhr an den Bürgersteig.

»Mastriani war ein Schriftsteller. Wusstest du das?«

»Klar!«

Ich setzte die Mütze auf und legte mir das Pistolenholster um, dann stieg ich aus.

»Ich schau mal nach.«

Er wollte auch aussteigen.

»Wo willst du hin?«

»Ich komme mit.«

»Laut Vorschrift steigt der Streifenleiter aus und sieht nach, während der Fahrer beim Auto bleibt, schon vergessen, Herr Professor?«

Er setzte sich ein wenig beleidigt ins Auto.

»Komm schon, Ciprià, war nicht so gemeint. Der Anruf war sicher nur ein Witz.«

»Ein Witz? Die werden schon einen Grund haben.«

»Glaub mir. Die Leute wissen in der Woche von Ferragosto nicht, was sie anstellen sollen. In zwei Minuten bin ich wieder da.«

Ich ging in die Straße hinein. Sie führte zwischen Häusern hoch, eins eleganter als das andere. Nach zwanzig Metern wurde sie breiter, dort war die Nummer 7. Ein dreistöckiges Gebäude, ein Altbau, der wie ein Schloss aussah, weil er auf der einen Seite eine Art Turm mit hohen Fenstern hatte. Alles war frisch gestrichen und perfekt gemacht, mit Bäumen ringsrum und einem Parkplatz mit Kette.

Wer in so einem Haus wohnte, der rief nicht zum Zeitvertreib an, der hatte sicher was Besseres zu tun.

Die Haustür war aus Holz, eine schöne Tür aus massivem Eichenholz mit Intarsien. Da kannte ich mich aus, weil mein Großvater Zimmermann war. Der letzte Zimmermann von Torre del Greco, dem

Ort, aus dem ich kam. Er hatte sich mit Fischerbooten abgerackert, und ich war immer bei ihm gewesen, um das Handwerk zu lernen. Wenn Mamma vor einem Jahr nicht mit ihren Beziehungen angekommen wäre und mich bei der Polizei untergebracht hätte, wäre ich bei den Booten hängen geblieben.

Ich strich mit der Hand über das Holz, um nach Anzeichen von Gewalt zu suchen, aber die Tür war angelehnt.

»Einbruch?«, schrie Cipriani von unten hoch.

»Glaub nicht.«

Plötzlich stieg in mir eine Hitzewelle hoch, ich spürte, wie mir das Hemd vor Schweiß am Körper klebte.

Das ist diese Scheißhitze. Was sonst?

Ich schob die Tür auf und ging rein.

2.

Drinnen war es stockdunkel, nichts zu sehen. Fast bekam ich Angst. Aber nicht so, wie wenn du bei einem Überfall in eine Bank musst. Da weißt du, dass du dir jederzeit ein paar Kugeln fangen kannst. Die Angst ist nachvollziehbar, die kann man haben. Das hier war anders. Wie als Kind, wenn du in ein dunkles Zimmer musst und denkst, dass sich dort im Schatten was versteckt, das gleich nach deinem Arm oder deinem Bein greift oder dir von hinten mit heißem Atem in den Nacken bläst.

Genau so war es in diesem Hauseingang. Mein Herz schlug heftig, mein Hemd war total verschwitzt, und meine Augen versuchten, sich an die Dunkelheit zu gewöhnen.

Dann sah ich von hinten einen hellen Schimmer, ohne zu wissen, wo der herkam, und glaubte plötzlich, dass sich da im Schatten was bewegte.

Mit einer Hand zog ich die Pistole, mit der anderen suchte ich den Schalter an der Wand. Als ich ihn endlich fand, drückte ich drauf, und das Licht ging an.

Der Hausflur war groß und hell, mit einem Brunnen in der Mitte, allerdings ohne Wasser. Hinter dem Brunnen, ganz hinten, war ein bogenförmiger Ausgang, der in einen Hof oder Garten führte. Rechts das Pförtnerhäuschen, leer. Links eine breite Marmortreppe. Neben der Treppe ein Aufzug mit Holztür und Glas innen.

Das alles sah ich in dem Moment, als das Licht anging.

Bis ich das Mädchen entdeckte, dauerte es einige Sekunden.

Sie lag auf dem Boden, zwischen der Treppe und der Tür, wo ich stand, mit dem Gesicht auf dem Boden. Zusammengekrümmt wie eine schlafende Katze.

Aber sie schlief nicht.

Sie war tot.

Wie sie so dalag, hätte man auch denken können, sie ist ohnmächtig geworden oder ihr geht es schlecht, aber ich wusste, dass sie tot war. Ich hatte es im Gefühl.

Ich steckte die Pistole zurück in den Gurt und lief zu ihr.

Sie hatte ein schwarzes Strass-T-Shirt an, helle Stoffhosen mit Gummizug an den Knöcheln und einen Turnschuh ohne Schnürsenkel. Ein Fuß war nackt. Blut sah ich keins. Ich beugte mich über sie und berührte mit dem Handrücken ihren Hals. Er war schon kalt. Das hatte ich erwartet, aber es war was anderes, sich das vorzustellen, als die Kälte wirklich zu spüren. Ich legte zwei Finger auf ihre Halsschlagader und fühlte zur Sicherheit ihren Puls, aber da war nichts mehr zu machen.

Ich zog die Hand weg und schaute mich um. Erst jetzt fiel mir die Stille auf. Das war nicht normal. Nicht mal nachts ist es so. Ich erwartete, dass plötzlich ein Schrei in die Stille platzte, dass jemand lachte oder jammerte.

Nichts. Nur mein Atem.

Dann schaute ich wieder das Mädchen an. Ich starrte auf ihren nackten Fuß. Die Zehen waren klein, ein wenig rundlich, die Nägel lila. Vor ein paar Stunden hatte sie noch gelebt und sich die Nägel lackiert, vielleicht Musik dabei gehört. Dann dachte ich, dass ich nicht hier rumsitzen und mir über lackierte Zehennägel den Kopf zerbrechen konnte.

Ich versuchte zusammenzukriegen, was zu tun war. Dabei sah ich neben der Treppe den zweiten gelben Schuh. Ich stand auf, nahm ihn in die Hand und wollte ihn dem Mädchen anziehen, dieser Körper mit nur einem Schuh kam mir schlimm vor, respektlos. Dann ließ ich es bleiben, wegen der Spurensicherung.

Ich ging zu dem Mädchen zurück und beugte mich nochmal über sie, um sie genauer anzuschauen. Mir fiel auf, dass ihre Hände schmutzig waren, kapierte aber nicht, ob es Staub war oder was anderes. Dann hob ich ihren Kopf ein wenig an. Dass man das eigentlich nicht durfte, wusste ich, den Tatort soll man so lassen, wie er ist, aber ich wollte ihr Gesicht sehen.

Die Augen waren noch offen, erschrocken und pechschwarz. Als würde sie mich anstarren, um mich was zu fragen. Die Haare waren blond, kurz geschnitten. Auf der Stirn hatte sie eine Wunde, ganz schön tief, vielleicht hatte ihr jemand auf den Kopf geschlagen. An der Wunde klebte etwas Blut, das schon getrocknet war.

Wenn mir in diesem Moment ihr Mörder zwischen

die Finger gekommen wäre, ich hätte ihn gepackt und gezwungen, ihr ins Gesicht zu sehen. Eine Minute lang, eine Stunde oder einen ganzen Tag, bis ihm klar wurde, was für ein Monster er war.

Wie alt sie wohl war? Neunzehn? Zwanzig? Ungefähr so alt wie ich. Wer weiß, vielleicht hatten wir sogar im selben Monat Geburtstag.

Mit einer Hand versuchte ich, ihr die Augen zuzumachen, aber weil sie immer wieder aufgingen, ließ ich es bleiben und legte ihren Kopf zurück auf den Boden. Ich wollte ihr meine Mütze unter den Kopf schieben, aber dann hätte die Spurensicherung einen Aufstand gemacht, deshalb versuchte ich es so vorsichtig wie möglich ohne.

Ich schaute sie noch einen Moment lang an.

Während ich so über sie gebeugt kniete, sah ich ein Eisenrohr, ungefähr fünfzig Zentimeter lang, eins von denen für Baugerüste. Damit hatten sie sie also niedergeschlagen.

Beim Aufstehen drehte sich alles, und meine Beine waren bleischwer. Ich wartete, bis der Schwindel vorüber war, und lief zur Tür. Als ich am Brunnen vorbeiging, sah ich noch so ein paar Eisenrohre wie das neben der Treppe. Ich war schon fast draußen, schaute mich aber nochmal um, und da sah ich die Katze. Sie hatte ein bläulich schimmerndes Fell und saß auf der untersten Treppenstufe, keine Ahnung, wo die hergekommen war. Sie saß ganz still da, bewegte nur ein wenig den Kopf und schaute mal mich, mal das Mädchen an, irgendwie neugierig, ganz komisch, als wäre sie gar kein Tier sondern ein Mensch oder eine Art Teufel. Es war eine Rassekatze, und so, wie sie sich benahm, gehörte sie vielleicht dem Mädchen. Sie hatte sich wohl irgendwo versteckt. Vielleicht hatte sie alles gesehen.

3.

Als der zweite Streifenwagen da war, kontrollierte Cipriani den Hausflur, und ich befragte die paar Hausbewohner, die nicht verreist waren und runterkamen, um zu sehen, was los war.

Nach einer halben Stunde kam auch der Commissario in seinem Cinquecento, der bestimmt zwanzig oder dreißig Jahre auf dem Buckel hatte, aber so aussah, als hätte er ihn gestern erst gekauft. Er war unrasiert und hatte eine schwarze Baumwolljacke an, er trug nur Schwarz. Commissario Santagata kannte ich seit sechs Monaten, und ehrlich gesagt wusste ich nie, was ihm grade durch den Kopf ging.

Der Commissario betrat den Hausflur, sah sich flüchtig um und wollte wissen, was passiert war.

Sarah Lo Russo, so hieß das tote Mädchen, war zwanzig. Die, mit denen ich sprach, sagten alle dasselbe: ein nettes Mädchen, ruhig, gut erzogen, immer zu allen freundlich. Sie wohnte mit ihren Eltern im ersten Stock. Als ich hochging, stand die Tür halb offen. In der Wohnung schien alles in Ordnung zu sein. Ich hatte rausgefunden, dass die Eltern von dem Mädchen in Roccaraso waren, und das Kommissariat dort verständigt, sie zu benachrichtigen. Eine Viertelstunde später rief Sarahs Vater an. Am Telefon klang er ruhig und gefasst. Er wollte wissen, wie sie gestorben war, wo wir die Leiche gefunden hatten und was sie anhatte. Ab und zu sagte er, dass das nicht sein könnte, aber leise, wie ein Gebet. Er fragte zwei-, dreimal nach den Einzelheiten und ob wir wüssten, wer sie umgebracht hätte. Ich ließ ihn reden und fragte dann, ob ihm was einfiel, was für die Ermittlung wichtig sein könnte. Das Einzige war, dass Sarah um halb vier in Roccaraso angerufen hatte. Sie war traurig, weil kurz zuvor hatte sie sich mit ihrem Freund gestritten, einem gewissen Sandro Cangiullo. Mit dem wollte sie nach Capri fahren, wo seine Eltern ein Haus gemietet hatten. Ich fragte, ob sie schon lange zusammen waren, er sagte, seit einem Jahr. Und dass dieser Cangiullo sich mit seiner Tochter immer gut verstanden hatte. Ein Junge aus guter Familie, der Vater Chefarzt im Cardarelli-Krankenhaus. Jedenfalls wollten er und seine Frau sich sofort auf den Weg machen, mehr als ein paar Stunden sollte es nicht dauern.

»Irgendwelche Zeugen?«, fragte der Commissario.

»Im Moment keine, Commissario. Aber da ist ein Lehrer, der auch im ersten Stock wohnt, gegenüber von den Lo Russo, und der will nur mit dem Ermittlungsleiter sprechen.«

»Was soll das?«

»Hat er mir nicht verraten.«

»Na gut, schauen wir mal. Und auf den anderen Stockwerken?«

»Weiß nicht so genau, der Pförtner ist in Urlaub. Insgesamt sind es aber acht Wohnungen, mit der vom

Pförtner im Erdgeschoss. Cipriani versucht, eine Liste von allen zu machen, die hier wohnen, wer hier war, als wir gekommen sind, wer nicht da war und wer verreist ist.«

»Sehr gut. Wohin kommt man durch den Bogen da hinter dem Brunnen?«

»In einen kleinen Innengarten, der keinen Ausgang zur Straße hat. Und dann noch was, Commissario.«

»Schieß los.«

»Als ich kam, war die Haustür angelehnt. Mir ist aufgefallen, dass sie kaputt ist, von alleine geht die nicht zu, man muss richtig drücken.«

Er nickte und dachte eine Weile nach. Dann ging er zu der Leiche, beugte sich über sie und schaute sie einen Moment lang an.

»Sie hat eine Wunde auf der Stirn. Ich glaub, die stammt von dem Eisenrohr da neben der Treppe.«

Der Commissario nahm ein Taschentuch und hob damit den Kopf von dem Mädchen an, um es zu betrachten.

»Hast du sie wieder so hingelegt wie vorher?«

»Klar, genau so.«

»Und hast du ein Taschentuch benutzt?«

Ich kam mir wie ein Idiot vor.

»Hab nicht dran gedacht.«

Der Commissario seufzte, sagte aber nichts. Er ging zur Treppe und nahm mit dem Taschentuch das Eisenrohr. Als er es hochhob, sah ich, dass es schwarz war. Ich ging zum Brunnen, und auch die, die dort drin lagen, waren voll mit schwarzem Staub.

»Auf ihren Händen und auf den Rohren hier ist auch dieser schwarze Staub.«

Er antwortete nicht, das hatte er bestimmt längst gesehen. Er legte das Rohr zurück und ging zur Wand, dorthin, wo die Treppe begann. Erst mal verstand ich nicht, was er da wollte, dann entdeckte ich die beiden Handabdrücke an der Wand. Man sah deutlich, dass die auch schwarz waren.

Der Commissario war ganz damit beschäftigt, herauszufinden, was passiert war. Er starrte auf die Abdrücke an der Wand, das schwarze Eisenrohr, auf die Treppe und dann zu Sarah. Deshalb erschrak ich, als er fragte:

»Ist das die Erste, die du siehst?«

Ich dachte, ich hätte mir nichts anmerken lassen, aber ihm war es wohl doch aufgefallen. Trotzdem wollte ich es nicht zeigen.

»Nee, auf keinen Fall. Mein Vater, mein Opa, ein paar Tanten.«

Dann konnte ich nicht mehr und sagte leise:

»Nicht so jung.«

»Man gewöhnt sich dran.«

Das kam hart, wie ein Befehl.

Ich nickte und versuchte, ruhig zu bleiben.

»Wer hat sie umgebracht, Commissario?«

Dämliche Frage, dachte ich.

Er antwortete nicht.

Einen Augenblick später hörte man von oben eine Männerstimme, heiser vom Rauchen.

»Ich glaube, ich weiß, wer es war.«

Wir schauten nach oben, und auf dem Treppenabsatz der ersten Etage stand der Lehrer, der nicht mit mir, sondern nur mit dem Einsatzleiter sprechen wollte. In Shorts und Polo, Zigarre im Mund.

»Das ist der Lehrer«, sagte ich leise.

»Kommen Sie, Commissario, kommen Sie, ich habe eine Aussage zu machen.«

Lächelnd zog er an seiner Zigarre und wartete, dass wir hochkamen.

4.

Von der Wohnungstür kam man gleich in ein großes Wohnzimmer. Erst mal fiel mir der Zigarrengestank auf und dann das irre Chaos.

Der Fernseher lief, ein Film über Krokodile. Ziemlich laut, und der Commissario fragte, ob er leiser stellen könnte. Mit der Fernbedienung schaltete der Lehrer den Ton ab. Vor dem Fernseher standen ein Sofa und ein niedriges Tischchen. Darauf ein Glas, ein Teller mit Nüssen und eine halbvolle Flasche Wein. Auf einem anderen Tisch ein Haufen Zeitungsausschnitte, auf jedem stand was mit Kuli geschrieben. Aber so klein, dass man zum Lesen eine Lupe gebraucht hätte. Dann links an der gesamten Wand ein Bücherregal aus Holz, in dem ein Teil der Bücher normal stand und andere kreuz und quer gestapelt waren. Dahinter eine geschlossene Tür. Rechts die Kochecke mit dreckigen Tellern in der Spüle und auf der Marmorplatte eine Pfanne, in der Pastasauce klebte. Dann noch ein offenes Fenster zur Straße hin.

Der Commissario hustete, weil ihn der Rauch störte. Der Lehrer raffte das und machte die Zigarre aus. Er war vielleicht fünfzig Jahre alt. Ein wenig größer als normal, schwer, aber nicht fett, als würde er Sport machen, die Haare kurz geschoren, ein gepflegter Kinnbart. Er lächelte unentwegt, aber es war ein komisches Lächeln, künstlich. Mit den Augen stimmte auch was nicht, aber vielleicht bildete ich mir das nur ein, weil er mir unsympathisch war.

Nachdem er die Zigarre weggelegt hatte, goss er sich von dem Wein ein und fragte den Commissario, ob er auch einen Schluck wollte. Der Commissario sagte, im Dienst dürfte er nicht trinken. Der Lehrer bestand darauf, das ist ein ganz besonderer Wein, sagte er, den sollte der Commissario unbedingt probieren.

»Na gut, aber nur einen Schluck, Professore, zum Kosten.«

Der Lehrer nahm ein zweites Glas und schenkte ein. Mich fragte er nicht mal.

»Gut.« Der Commissario machte sich nur die Lippen feucht.

Der Lehrer strich sich über den Bart und erklärte, dass er den Wein bei einem Bauern in Cancello e Arnone kaufte. Jeden Monat fuhr er da hin, lud sein Auto voll und füllte dann selber ab. Er trank einen Schluck, ging ein paar Schritte durchs Zimmer, strich sich wieder über den Bart und fing endlich an zu reden.

»Ich habe ferngesehen, denn, wissen Sie, ich bin Kino-Fan, und gerade in diesen Tagen zeigen sie alte Schwarz-Weiß-Filme.«

»Ich schaue mir auch ab und zu Filme an.«

»Dann kennen Sie den bestimmt. Die Geschichte eines Rentners, der zusammen mit seinem Hund lebt. Der Regisseur ist De Sica.«

»Vielleicht *Umberto D*?«

»Sie haben ja richtig Ahnung!«, sagte der Lehrer anerkennend.

»Schön wär's, Professore, ich habe einfach zu wenig Zeit. Und bräuchte einen Videorekorder.«

»Wie, den haben Sie nicht?«

»Jedes Mal, wenn ich in ein Geschäft gehe, kann ich mich nicht entscheiden, all diese Modelle.«

»Ich begleite Sie in den nächsten Tagen!«

»Warum nicht. Aber entschuldigen Sie, Professore, ich habe Sie unterbrochen. Sie haben gerade diesen Film gesehen ...«

»Genau. Ich saß auf dem Sofa, da hörte ich von der Straße zwei Pfiffe. Ganz deutlich, weil es heiß war und das Fenster offen stand.«

»Erinnern Sie sich, wann das war?«

»Hm, wann mag das gewesen sein?« Er dachte einen Moment lang nach. Und fasste sich wieder an den Bart.

»Der erste Teil war vorbei, also Viertel nach drei, ja, ich schätze, so ungefähr Viertel nach drei.«

»Also haben Sie um 15 Uhr 15 diese zwei Pfiffe gehört. Und dann?«

»Sofort danach habe ich noch zwei gehört. Weil mich das abgelenkt hat, bin ich aufgestanden, um das Fenster zuzumachen.«

Na super, wenn den schon zwei Pfiffe störten, was machte der dann erst mit dreißig Kindern auf einem Haufen in der Schule?

Der Lehrer ging zum Fenster, um zu demonstrieren, wie er das Fenster geschlossen hatte. Unterdessen kippte der Commissario heimlich den Wein in die Spüle.

»Während ich zugemacht habe, habe ich unten auf der Straße den Jungen gesehen, der gepfiffen hat.«

Der Commissario ging zu ihm und schaute aus dem Fenster.

»Den Jungen habe ich schon ein paar Mal hier im Haus gesehen, das war wohl Sarahs Freund.«

»Ja, wir wissen, dass das Opfer einen Freund hatte.«

»Ich glaube, der heißt Sandro.«

Der Commissario nickte.

»Sandro Cangiullo«, sagte ich.

»Den Nachnamen weiß ich nicht, aber klar ist, dass er gepfiffen hat.«

Der Lehrer trank einen Schluck Wein. Dann ging wieder die Hand an den Bart – ein richtiger Tick.

»Und glauben Sie, dass dieser Sandro was mit dem Mord an dem Mädchen zu tun hat?«

»Wissen Sie, Commissario, ich unterrichte seit mehr als zwanzig Jahren am Gymnasium und verstehe ein bisschen was von der Jugend. Dieser Sandro zum Beispiel, das ist ein gut erzogener, anständiger Junge, der sich ordentlich anzieht. Der kann es nicht gewesen sein.«

»Verstanden.«

»Aber dieser andere ...«

»Welcher andere denn?«

»Gestern Morgen«, sagte der Lehrer etwas leiser, »war ein anderer Typ bei Sarah.«

»Und wer war das?«

»Das weiß ich nicht, den habe ich noch nie gesehen. Aber der war ganz merkwürdig.«

»Wie merkwürdig?«

»Vor allem ein Angeber. Zu großspurig für sein Alter. Provokantes Auftreten. Der war bestimmt nicht aus dem Viertel hier. Als ich meine Zeitung kaufen wollte, habe ich sie vor dem Haus miteinander reden sehen. Er hat mich angestarrt, ohne zu grüßen. Und als ich ein Stück weg war, hörte ich ihn hinter meinem Rücken lachen. Als ich zurückgekommen bin, standen sie immer noch da und redeten, und da hat er mich wieder angestarrt, ohne zu grüßen. So einer bringt schnell mal jemanden um, das sage ich Ihnen, Commissario.«

In Torre del Greco würde der nach zwei Minuten das Weite suchen, so ein blöder Schwätzer, der verschwendete bloß unsere Zeit.

»Um auf heute Nachmittag zurückzukommen, Professore, da haben Sie außer den Pfiffen nichts gehört?«

»Nein.«

Er ging zum Tisch und kehrte uns den Rücken zu.

Dann nahm er eine Handvoll Nüsse und schob sie sich in den Mund.

Als er sich zu uns umdrehte, schaute ihm der Commissario fest in die Augen. Der Lehrer fasste sich drei- oder viermal an den Bart.

»Wenn ich was wüsste, würde ich es sagen«, erklärte er mit vollem Mund.

»Gut, wo Sie uns alles gesagt haben, wollen wir Sie nicht weiter aufhalten.«

Der Commissario ging Richtung Tür, ich hinterher. Plötzlich blieb er stehen, guckte sich um und fragte:

»Sie leben allein, nicht wahr?«

»Ja, ich habe mich vor drei Jahren getrennt.«

Während er uns zur Tür begleitete, lächelte er.

»Ach ja, die Frauen ... verlässt du dich auf sie, bist du verlassen – so sagt man doch, oder, Commissario?«

Der schaute ihn einen Augenblick lang an und sagte dann kühl:

»Danke für Ihre Mitarbeit, Professore.«

»Keine Ursache. Ich stehe Ihnen jederzeit zur Verfügung.«

»Die armen Schüler«, sagte ich, als wir runter in den Flur gingen, »mit so einem Lehrer sind sie gearscht.«

Der Commissario nickte schweigend.

»Was sollte dieser Spruch über Frauen?«

Der Commissario schwieg weiter. Weil er nachdachte, sagte ich nichts mehr. Der Lehrer ging mir nicht aus dem Kopf. Der war komisch, und irgendwas hatte er zu verbergen. Wer weiß, vielleicht hatte er ja Sarah umgebracht.

»Was meinst du, wie der schwarze Staub an Sarahs Hände gekommen ist?«, fragte der Commissario plötzlich.

»Ist doch klar, von dem Eisenrohr, Commissario.«

Er ging ein paar Schritte im Flur vor mir her.

»Kann sein.«

Dann drehte er sich um.

»Aber was wollte sie mit dem Rohr?«

Ich überlegte, mir fiel aber nichts ein.

»Lass uns mal nachdenken«, sagte der Commissario. »Wir wissen, dass Sandro und Sarah sich gestritten haben. Wir wissen auch, dass Sandro um 15 Uhr 15 hierhergekommen ist und zweimal gepfiffen hat. Diese Aussage müssen wir verifizieren, aber gehen wir jetzt mal davon aus, dass sie stimmt. Also, der Junge pfeift, Sarah lässt ihn nicht rein, vielleicht antwortet sie nicht mal. Sandro verschwindet. Um 15 Uhr 30, das ist sicher, ruft Sarah ihre Eltern in Roccaraso an. Sie ist traurig, es ist die Woche von Ferragosto, all ihre Freunde sind am Meer, und ihr tut es leid, dass sie sich mit ihrem Freund verstritten hat, mit dem sie nach Capri fahren sollte. Aber dann kommt Sandro kurz danach zurück. Er will reden, alles erklären, sich wieder vertragen. Sie will nicht, dass er hochkommt. Deshalb geht sie aus der Wohnung, lässt die Tür angelehnt, geht runter in den Flur und öffnet die Haustür. Was dann passiert, wissen wir nicht. Ein Wort zu viel, Eifersucht, sie sind gereizt wegen der Hitze, jedenfalls fangen sie wieder an zu streiten. Irgendwann wird Sandro handgreiflich. Sarah kriegt Angst und rennt in Richtung Treppe. Aber Sandro folgt ihr, holt sie ein und schlägt zu. Sie reißt sich los, rennt wieder weg, diesmal in Richtung Brunnen. Als sie die Eisenrohre sieht, nimmt sie eins, um sich zu wehren. So werden ihre Hände schmutzig. Aber der Typ entwaffnet sie und schlägt ihr mit dem Rohr auf die Stirn. Ein, zwei, drei Schläge, sie hat nicht mal Zeit zu schreien. Dann sieht er das Blut, die Wunde, kriegt einen Schreck und haut ab. Sarah ist allein, ihr wird schlecht. Sie lehnt sich an die Wand, schafft es aber nicht die Treppe hoch. Sie macht ein paar Schritte in Richtung Haustür, taumelt, dann hat sie keine Kraft mehr. Sie fällt zu Boden und stirbt kurz darauf.«

Einen Moment lang standen wir schweigend im dunklen Hausflur.

Ich konnte Sarah sehen, wie sie mit ihrem Freund streitet. Wie sie abhaut und er hinterher. Dann die Schläge mit dem Eisenrohr, Blut, sein Schreck, die Flucht, und Sarah alleine. Ihre unsicheren Schritte, der Schuh rutscht ihr vom Fuß, dann fällt sie hin.

»Kann sein«, sagte ich kaum hörbar.

»Kann sein, aber jetzt schauen wir uns erst mal die Wohnung an, bevor die Eltern und die Spurensicherung kommen.«

Kaum waren wir in Sarahs Zimmer, tauchte die graublaue Katze wieder auf. Sie setzte sich vor die Tür und sah zu, was wir da machten, als wollte sie uns kontrollieren. Ich war ja schon in der Wohnung gewesen, um sicherzugehen, dass dort keiner war. Aber in Sarahs Zimmer hatte ich nur einen kurzen Blick geworfen.

Jetzt, wo wir mehr Zeit hatten, sah ich Einzelheiten, die mir vorher nicht aufgefallen waren. Zum Beispiel standen auf den Regalen bunte Gläschen,

Schachteln in allen Formen, eine komische Sonnenbrille, alles Dinge, die es in normalen Geschäften nicht gab. An den Wänden hingen drei, vier Tierposter. Dann ein antiker Spiegel mit Holzrahmen, ein Nachttisch mit Schminke und ein Strohkorb voller Ohrringe. Auf dem Tisch eine Lampe, deren Schirm mit Muscheln beklebt war, und auf der Bettkante ein Sweatshirt mit einer schlau dreinschauenden Katze drauf und einer Sprechblase: »Wenn ich zu dir komme, kuschelst du dann mit mir?« In einer Ecke lehnte an der Wand eine Gitarre, und auf einem Sessel saß ein Teddy. Außerdem überall Bücher und Musikkram wie Kassetten und Noten.

Wie ich das alles so sah, schien es unvorstellbar, dass Sarah tot war. Als müsste sie jeden Moment reinkommen, singend oder so. Wer weiß, wie ich darauf kam, dass sie singen könnte, vielleicht wegen der Gitarre.

Während ich völlig in Gedanken war, ging der Commissario zum Sessel, beugte sich ein wenig vor, nahm den Teddy und hob das Kissen hoch. Unter dem Kissen lag ein zerrissenes Foto. Der Commissario legte die beiden Teile auf den Nachttisch, setzte eine Brille auf und fügte sie zusammen.

Auf dem Foto umarmte Sarah einen Jungen. Beide lächelten, und drunter stand: »Sandro and Sarah forever«. Der Commissario und ich schauten uns an. Er wollte was sagen, als das Telefon klingelte.

Es stand auf dem Boden neben dem Bett.

Beim dritten Klingeln sagte der Commissario:

»Was ist, willst du erst noch 'nen Kaffee, oder wann hast du vor ranzugehen?«

Ich ging zum Bett und nahm ab.

»Hallo ...«

»Hallo ... kann ich bitte mit Sarah sprechen?«

Eine Männerstimme, freundlich, ein wenig aufgeregt.

»Da ist doch Lo Russo, oder?«

»Ja.«

»Kann ich Sarah sprechen?«

Was sollte ich sagen? Dass sie nicht ans Telefon kommen konnte, weil sie tot war?

»Hallo?«, sagte er noch zweimal.

Der Commissario nahm mir den Hörer aus der Hand.

»Wer ist denn da?«, fragte er.

»Sandro, Sandro Cangiullo, ich möchte mit Sarah sprechen.«

5.

Bis zum Hafen von Mergellina brauchte ich zu Fuß eine Viertelstunde. Das nächste Tragflächenboot fuhr gleich ab. Ich kaufte mir eine Fahrkarte und rannte aufs Schiff. Weil es voll war, suchte ich mir einen Platz unter Deck, da war weniger los. Einen Moment später legten wir ab. Bis das Schiff aus dem Hafen war, lief der Motor langsam, dann gaben sie Gas, das Boot hob sich auf die Tragflächen und raste in Richtung Capri.

Als der Commissario Sandro gesagt hatte, dass Sarah tot war, hatte der aufgelegt, aber keine zwei Minuten später nochmal angerufen. Er sprach abgehackt, sagte, es wäre seine Schuld und einen Augenblick später, dass er nicht wüsste, was er tun sollte, manchmal schien er zu weinen, jedenfalls hast du nichts kapiert. Der Commissario versuchte, ihn zu beruhigen, völlig aussichtslos. Dann wurde die Verbindung unterbrochen, oder er hatte aufgelegt. Weil der Commissario beim Telefonieren hörte, wie Geld durchfiel, glaubte er, dass Cangiullo nicht in Neapel sein konnte, sondern vielleicht wirklich auf Capri. Deshalb hatte er sich mit dem Kommissariat dort in Verbindung gesetzt, erklärt, dass es vielleicht um einen Mord ging, Cangiullo nach dem Foto beschrieben und gesagt, dass seine Eltern auf der Insel ein Haus gemietet hatten. Er bat darum, uns Bescheid zu geben, wenn sie ihn fanden.

Während wir auf den Rückruf warteten, suchten wir nach einem Tagebuch von Sarah oder irgendwelchen Notizen, die uns weiterhelfen könnten, aber wir fanden nichts. Nur ein Adressbuch mit Telefonnummern im Nachttisch, das der Commissario in die Tasche steckte.

Dann schickte er mich los, um nachzusehen, wie weit Cipriani mit der Liste der Hausbewohner war. Cipriani hatte den Pförtner erreicht, in Kalabrien, wo er seit Anfang August in Ferien war. Er telefonierte rum, um seine Liste fertig zu kriegen.

Im Erdgeschoss wohnte außer dem Pförtner noch ein gewisser Cimmino. Er arbeitete als Ingenieur beim Katasteramt und war grade nicht in Neapel. Jedenfalls sagte mir das sein Vater, aber der war wohl nicht ganz richtig im Kopf, und ich wusste nicht mal, ob der überhaupt kapiert hatte, dass ich von der Polizei war.

Da der Anruf aus Capri nicht kam und auf der ersten Etage nur die Lo Russo und der Lehrer wohnten, ging ich in den zweiten Stock, um da mit jemandem zu sprechen. In zwei Wohnungen war keiner, weil das hatte mir Cipriani schon gesagt, die Leute waren verreist, und wir konnten sie von der Liste streichen. In der anderen wohnte ein pensionierter Anwalt, Santoro, den ich schon unten im Flur gesehen hatte, und dem es offensichtlich leid um Sarah tat. Ein freundlicher, vornehmer Herr, der aber ein wenig taub war und deshalb nichts gehört hatte.

Inzwischen war eine weitere halbe Stunde rum, und grade als die Spurensicherung kam, rief das Kommissariat aus Capri an. Sie hatten Cangiullo gefunden, der eine Flasche Martini gekippt hatte und auf den Certosa-Felsen klettern wollte, um sich von oben runterzustürzen. Sie hatten versucht, ihn zu verhören, aber er sagte immer nur, dass es seine Schuld wäre und dass er vom Felsen springen wollte.

Jedenfalls hatten sie ihn und wollten wissen, was sie mit ihm machen sollten.

»Haltet ihn fest«, sagte der Commissario. »In ein, anderthalb Stunden kommt einer von uns und verhört ihn.«

»Und wer soll da hin, Commissario?«

»Willst du?«

Das Meer war spiegelglatt. Aus dem Fenster sah ich das Sonnenlicht auf den Wellen glitzern. Wie wenn ein Fieberthermometer kaputtgeht und das Quecksilber in lauter kleinen Silberkugeln rauskommt. Und die Kugeln sprangen über das Wasser.

Während ich so an das Quecksilber dachte, döste ich weg, als plötzlich eine Frau ein paar Reihen vor mir einen Lärm machte, dass mich beinahe der Schlag getroffen hätte.

Erst mal hatte ich keinen blassen Schimmer, auf wen sie sauer war. Dann raffte ich, dass sie telefonierte, mit einem dieser neuen Dinger ohne Kabel, Stecker und so, die sonst die Geheimagenten im Film haben. Die Frau trompetete wie ein Elefant, auch wer sich nicht für sie interessierte, bekam alles mit. In nicht mal drei Minuten wusste das ganze Schiff, dass sie Titti hieß, es nicht erwarten konnte, endlich anzukommen, um ein Glas mit ihrer Freundin zu trinken, dass ihr Mann nächsten Dienstag verreiste und dass sie den Kellner im Strandclub Tiberio echt scharf fand. Dann wollte sie sich zum Abendessen verabreden, aber wegen Bridge oder irgendeiner Party klappte das nicht.

Wenn ich so ein Ding hätte, könnte mich Mamma überall erreichen, da würde ich nach spätestens einer Woche verrückt werden.

Währenddessen redete die Frau immer weiter. Mir schwirrte der Kopf, und ich ging raus, um meine Ruhe zu haben.

Ich zündete mir eine Zigarette an und rauchte, während ich den Schaum am Schiffsbug betrachtete. Und die Möwen, die sich auf der Jagd nach Fischen reinstürzten. Während ich rauchte, überlegte ich, wieso Sandro seine Freundin geschlagen hatte. Auf dem Foto sah er nicht brutal aus, und ich hätte mein Gehalt darauf verwettet, dass er sie nicht hatte umbringen wollen. Vielleicht war er aus Angst abgehauen, ohne zu merken, was er getan hatte. Wenn er es wirklich gewesen war, dann würde er die Last sein Leben lang mit sich rumschleppen. Kein schönes Leben, dachte ich und warf die Zigarette ins Wasser.

Hoch zum Kommissariat nahm ich die Standseilbahn.

Dort brachten sie mich in den Raum zu Sandro. Bei ihm war ein Polizist, damit nichts passierte. Er ging raus, und wir blieben alleine.

Sandro sah genau aus wie auf dem Foto, nur etwas jünger. Er saß auf der Stuhlkante und starrte aus dem Fenster, ein Bein wippte in einem fort. Er sagte, dass er mit niemandem sprechen wollte. Das wiederholte er zweimal, ohne mich anzuschauen.

Ich wusste nicht, was ich tun sollte. Irgendwie machte er mich wütend, und ich hätte ihm gern ein paar Tritte versetzt. Aber dann tat er mir wieder leid, und ich wollte ihn nicht zu hart anfassen.

»Wenn du's ausspuckst, fühlst du dich danach vielleicht besser«, warf ich in den Raum.

Nur so, ohne große Hoffnung.

Aber plötzlich redete er los, wie ein Wasserfall, die Augen starr aus dem Fenster gerichtet, wie unter Hypnose.

»Wir haben uns gestritten. Sarah war stur, sie hat gesagt: Ich fahr nicht mit nach Capri, und dann hat sie einfach aufgelegt. Ich bin zu ihr und hab gepfiffen. Wenn ich sonst gepfiffen hab, hat Sarah aus dem Fenster geschaut, diesmal nicht. Dann hab ich geklingelt. Ich hab's dir doch gesagt, fahr allein nach Capri, das war alles, reingelassen hat sie mich nicht. Von einer Telefonkabine in der Nähe aus hab ich versucht, sie anzurufen, aber sie ist nicht rangegangen. Ich dachte, okay, schauen wir mal, wer der Stärkere ist, und hab das Tragflächenboot um halb vier nach Capri genommen.«

Er schwieg einen Moment. Dann drehte er sich zu mir um. Seine Augen waren rot, und er sagte leise: »Wenn ich bei ihr geblieben wäre, hätten sie sie nicht umgebracht.«

Und er trat so heftig gegen den Tisch, dass er beinahe zusammengekracht wäre.

Ich fragte einen Kollegen, ob ich mal telefonieren könnte.

Er brachte mich ins Nebenzimmer, blieb aber in der Tür stehen und wollte nicht verschwinden. Ich wartete, aber er kapierte es einfach nicht.

»Können Sie mich einen Moment alleine lassen, bitte?«

Da ging er endlich, und ich rief den Commissario an.

»Commissario, ich glaub, wir machen hier 'nen Fehler.«

»Sagst du mir, was du meinst, oder muss ich raten?«

Ich erzählte ihm, was Sandro gesagt hatte, und hatte nicht den Eindruck, als wäre er überrascht. Er wollte gleich wissen, worüber Sandro und Sarah gestritten hatten, aber Sandro hatte gesagt, es wäre unwichtig gewesen, er könnte sich nicht mal mehr dran erinnern. Der Commissario ordnete an, dass ich erst mal nach Mergellina musste, die Fahrzeiten kontrollieren und einen Zeugen finden, bevor wir Cangiullo als Täter ausschließen könnten.

Deshalb nahm ich das nächste Schiff zurück.

Das Foto von Sandro und Sarah hatte ich dabei. Bevor ich nach Capri gefahren war, hatte Cipriani es mir mit Tesa zusammengeklebt. Inzwischen war es so dunkel, du hast fast nichts mehr gesehen. Zuerst fragte ich in der Bar gegenüber vom Fahrkartenschalter, aber die erinnerten sich an nichts. Auch der vom Zeitungskiosk nicht, der grade zumachte. Dann ging ich zum Schalter, wieder nichts. Weil ich stur blieb und die Leute in der Schlange motzten, aus Schiss, das letzte Schiff zu verpassen, sagte der hinter dem Schalter genervt: »Hier wird gearbeitet.«

»Und ich mach mir nur 'nen Spaß, oder was?«, raunzte ich zurück.

Der Ältere hatte Angst, dass ich nicht mehr abhaute, und erklärte mir etwas freundlicher, dass sie in diesen Tagen viel zu tun gehabt hätten und keine Zeit, die Leute genauer anzuschauen. Er meinte, ich soll's mal am Kai versuchen.

Ein paar Matrosen warfen einen Blick auf das Foto, aber flüchtig, die wollten da nicht reingezogen werden. Dann kam ein anderer von einem der Tragflächenboote, nahm das Foto, betrachtete es, hielt es unters Licht, guckte genauer hin und fragte:

»Was ist mit dem los?«

»Nichts.«

»Und wieso sucht ihr den dann?«

So als wäre er der Polizist.

»Ich muss wissen, ob er ein Schiff nach Capri genommen hat«, sagte ich kurz angebunden.

Er dachte nach und sagte dann, dass er sich nicht erinnern könnte. Aber du hast gemerkt, dass der was wusste.

»Kein Problem«, sagte ich freundlich. »Ich nehm Sie mit aufs Kommissariat, dort haben Sie alle Zeit der Welt, sich zu erinnern.«

Er schwieg einen Moment, dann entschied er wohl, dass es das nicht wert war.

»Er hat das Schiff genommen.«

»Welches?«

»Das um halb vier.«

»Sicher?«

»Er kam, als wir schon den Steg einzogen. Ich hab ihm gesagt, dass er aufs nächste warten muss, aber er hat einen Aufstand gemacht und ist trotzdem noch drauf. Ich bin aber nicht der Einzige, der ihn gesehen hat.«

Also war klar, dass es Sandro nicht gewesen sein konnte.

Ich schrieb mir den Namen von dem Matrosen auf.

»Dottore, Sie reiten mich doch hier nicht in die Scheiße, oder?«

Ich erklärte ihm, dass ich mir seine Daten nur aufschrieb, falls wir eine schriftliche Aussage brauchten, aber dass das sehr unwahrscheinlich war. Dann fuhr ich zurück nach Posillipo.

Inzwischen war es schon zehn Uhr abends, aber vor dem Gebäude war die Hölle los. Der Richter stieg grade in ein dunkles Auto mit Fahrer. Capuozzo von der Spurensicherung sprach mit dem Commissario, und Cipriani kritzelte was auf seinen Block.

Ich ging hin, um rauszufinden, was es Neues gab.

»In ein paar Tagen wissen wir mehr«, sagte Capuozzo.

Also waren wir noch nicht weiter. Dann ging auch Capuozzo. Ich hab dem Commissario gesagt, dass Sandro das Schiff um halb vier wirklich genommen hatte und es mindestens einen Zeugen gab. Er nickte, es schien ihn nicht groß zu interessieren.

Unter einem Baum stand der Leichenwagen. Vor dem Eingang eine Gruppe von fünf, sechs Personen, und ringsrum gafften die Leute aus den Fenstern.

»Das dort sind die Eltern von dem Mädchen«, sagte der Commissario und zeigte auf die Gruppe vor dem Eingang. »Er ist Oberstleutnant, sie hab ich nicht ganz verstanden.«

Ich schaute genauer hin und sah in der Gruppe eine Frau auf einer Bank sitzen, der sie ein Glas mit irgendwas drin einflößen wollten.

»Ich brauche das nicht, mir geht's gut«, sagte sie. »Wirklich.«

Das musste Sarahs Mutter sein. Und der hinter ihr stand und ihr übers Haar streichelte, ihr Mann. Aus einem Haus in der Nähe brachten sie ein Tablett mit Kaffee und einen Stuhl, aber der Mann blieb stehen.

»Commissario, was gibt's Neues?«

»Eigentlich nichts«, antwortete er. »Du hast nicht zufällig rausgefunden, worüber Sandro und Sarah gestritten haben?«

»Hab ich doch schon gesagt, Sandro meint, alles Unsinn, er erinnert sich nicht mal mehr dran. Warum, ist das wichtig?«

»Nur so eine Idee.«

In dem Moment kamen zwei Männer in Orange aus der Tür, die eine Liege mit Sarahs Leiche in einem Plastiksack vor sich herschoben. Als die Mutter sie sah, stand sie auf. Der Mann hielt sie fest, vorsichtig, aber entschieden, streichelte ruhig ihren Arm, ohne was zu sagen. Da setzte sie sich wieder hin.

»Haben Sie mit den Eltern gesprochen?«

»Nur mit dem Vater. Er hat gesagt, dass seine Tochter Tiermedizin studiert hat, dass an der Uni alles gut lief und dass sie nie in Diskos gegangen ist. Ein ganz normales Mädchen, hat er gesagt, vielleicht ein bisschen schüchtern.«

Inzwischen hatten die orangenen Männer die Bahre bis zum Auto geschoben, die Tür hinten aufgemacht und eingeladen. Danach schlugen sie die Tür zu, stiegen ein und fuhren los. In dem Moment sprang Sarahs Mutter auf und rannte hinter dem Auto her. Schweigend. Sie rannte einfach nur.

Es dauerte fast eine Minute, bevor sie bei ihr waren, und als sie sie festhielten, stieß sie einen Schrei aus wie ein verwundetes Tier, der für einen Moment alle anderen Geräusche verschlang.

Cipriani kam rüber und fragte, was noch zu tun wäre.

»Für heute Abend reicht's. Los, nach Hause, Jungs«, sagte der Commissario.

»Soll ich dich mitnehmen?«, fragte Cipriani.

Ich wollte allein sein, aber öffentlich nach Torre del Greco zu fahren hätte eine Ewigkeit gedauert, völlig sinnlos. Zum Glück quatschte Cipriani nicht rum, und wir schwiegen während der Fahrt. Auf einmal war ich müde, aber immer noch schossen mir tausend Gedanken durch den Kopf.

»Geh schlafen, dann geht's vorbei«, sagte Cipriani, als wir angekommen waren und ich aus dem Auto stieg.

»Was soll denn vorbeigehen?«, fragte ich gereizt.

»Schon gut, bis morgen.«

Wortlos schlug ich die Tür zu und bog in meine Gasse ab.

6.

Ich zog die Stiefel aus und stopfte sie in den Schrank neben dem Eingang. Die Wanduhr zeigte beinahe Mitternacht. Aus der Küche hörte ich den Fernseher, und in der ganzen Wohnung hing der Geruch von Tomatensauce. Ich verstaute das Holster und die Mütze neben den Stiefeln, hängte die Uniform auf den Bügel und zog mir T-Shirt und Shorts an. Dann ging ich in die Küche. Dort saß Mamma und schlief, den Kopf auf dem Tisch. Sie hatte ihren uralten hellblauen Kittel an. Letzten Monat zu ihrem Geburtstag hatte ich ihr einen neuen geschenkt, mit orientalischem Muster, aber der war ihr wohl zu ausgefallen.

Sie hatte für mich gedeckt, und auf dem Herd wartete eine Pfanne. Auf der Marmorplatte standen ungefähr zwanzig Flaschen mit Tomatensauce in Reih und Glied. Auf dem Tisch neben ihr *Famiglia Cristiana*, noch eingeschweißt. Über dem Fernseher mein Vater, der von seinem Foto herunterschaute, so ernst wie immer.

»Mamma ...«

Sie wachte auf.

»Oh, da bist du ja.«

»Warum bist du nicht ins Bett gegangen?«

»Wie bitte? Wenn ich dich nicht kommen höre abends, kann ich nicht schlafen.«

»Ach so? Aber in der Küche schlafen.«

»Ich hab mich ausgeruht, nicht geschlafen.«

Sie stand auf, zog den Kittel zu und ging an den Herd. Während sie den Kittel zuknöpfte, fielen mir ihre dünnen Beine auf, und ich überlegte, ob sie abgenommen hatte.

»Ich mach dir dein Essen warm.«

»Lass ruhig, ich hab keinen Hunger. Geh schlafen.«

Sie beachtete mich nicht und zündete das Gas unter der Pfanne an.

»Mamma, bitte«, sagte ich genervt, streckte die Hand aus und stellte das Gas aus.

»Willst du verhungern?«

»Ich ess Brot und Käse, gib Ruhe.«

Ich öffnete den Kühlschrank und griff nach der Weinflasche.

»Was ist denn mit dir los heute Abend? Du bist so komisch.«

»Dann bin ich eben komisch.«

Ich machte den Fernseher aus und goss mir ein halbes Glas ein. Mir fiel ein, wie mein Vater in die Fabrik arbeiten gegangen war, nach Pomigliano d'Arco. Damals war ich keine fünf Jahre alt. Mamma stand jeden Morgen im Stockdunkeln auf und kochte das Mittagessen, das er mitnehmen sollte. Mein Vater hatte ihr tausendmal erklärt, dass es eine Kantine gab und das überflüssig war. Aber sie glaubte, dass sie dort nur Dreck kochten, an dem er sich den Magen verdarb. Und später, als mein Vater frühpensioniert war, kochte sie für meine Brüder, die auf dem Bau arbeiteten. Mamma war wirklich eine gute Köchin, aber sie musste immer übertreiben.

Jetzt setzte sie sich neben mich, nahm sich die *Famiglia Cristiana* und betrachtete sie, ohne die Folie abzumachen. Auf dem Cover streichelte der Papst zwei Kinder. Sie spielte ein wenig mit der Zeitschrift rum, dann legte sie sie weg.

»Ich hab einen Film über Vulkane gesehen«, sagte sie, und machte eine Pause, um abzuwarten, ob ich antwortete. Weil ich schwieg, redete sie weiter.

»Wusstest du eigentlich, dass der Vesuv jeden Moment ausbrechen kann?«

Dass der Vesuv rumspucken könnte, wäre mir nie in den Sinn gekommen. Ich antwortete nicht und schnitt mir ein Stück Käse zum Wein ab.

»Ich habe mit Tonino gesprochen«, sagte sie.

Sie konnte einfach nicht den Mund halten. Vielleicht weil sie den ganzen Tag alleine war und abends jemanden zum Reden brauchte. Aber um die Uhrzeit hatte ich keinen Nerv, ihr zuzuhören. Das hatte ich ihr mal erklärt, aber am nächsten Tag hatte sie es schon wieder vergessen.

»Und wie geht's ihm?«

»Alles okay. Er sagt, Ende August kommt er vielleicht auf einen Sprung mit den Kindern her.«

Als mein Vater noch lebte, war sie anders. Sie sagte nie was, du musstest ihr jedes Wort aus der Nase ziehen, und sie beklagte sich nie. So, dass mein Vater sagte, um sie zu ärgern: Caterì, du hast wohl deine Zunge verschluckt?

Sie nahm alles schweigend hin, wie gottgegeben. Auch als mein Vater starb, kein Ton. Dann, als meine

Brüder von zuhause weg sind und nur ich übrig blieb, ging es los. Als ob alles, was sie ihr Leben lang nicht gesagt hatte, im Alter rausmusste.

»Ich hab Tomatensauce gemacht, damit du dir jederzeit ein paar Spaghetti kochen kannst und die Sauce schon fertig ist.«

»Bei der Hitze? Bist du wahnsinnig?«

»Nur, um irgendwas zu machen. Und wenn Tonino kommt, kann ich ihm auch ein paar Flaschen geben. Aber du bist wirklich komisch, ist auf der Arbeit alles in Ordnung?«

»Ja, alles in Ordnung.«

Ich biss von dem Brot mit Käse ab. Sie strich die Tischdecke glatt.

»Weißt du noch, Michele, Titinas Sohn«

Sie wollte jetzt doch wohl nicht im Ernst mit dem Sohn von Titina anfangen.

»Titina, die euch Eier gebracht hat, als ihr klein wart.«

Und so weiter, eine Viertelstunde über irgendwelchen Mist zwischen Michele und seiner Frau. Weil er sonntags auf Hunderennen wettete und sie lieber mit ihm am Meer spazieren gehen und Eis essen wollte. Eine geschlagene Viertelstunde. Wo ich diesen Michele gar nicht kannte.

Als ich ihr einen Kuss auf die Stirn gab, weil ich schlafen gehen wollte, war sie immer noch dran. Auch noch, als ich ins Schlafzimmer ging und die Tür hinter mir zumachte.

Ich putzte mir die Zähne, zog das T-Shirt aus und legte mich aufs Bett.

Obwohl ich hundemüde war, konnte ich nicht einschlafen, sosehr ich mich auch hin- und herwarf. Erst dachte ich, wegen der Hitze, man bekam ja kaum Luft. Aber irgendwann, ich meinte, ich hätte es fast geschafft und war schon halb weg, sah ich Sarahs Augen vor mir. Ich machte sie zu, aber sie gingen immer wieder auf und starrten mich an, als ob sie mir was sagen wollten. Ich drehte mich um, zwang mich, an was anderes zu denken, aber diese Augen waren immer da. Und wenn es nicht die Augen waren, waren es der Fuß ohne Schuh, die lila lackierten Nägel oder der Teddy auf dem Sessel.

Irgendwann konnte ich nicht mehr, machte Licht und holte meine Hose aus dem Schrank. In der Tasche fand ich das mit Tesa zusammengeklebte Foto, das, auf dem sie ihren Freund umarmt, und schaute es mir an.

Ich hatte Sarah nicht gekannt, konnte aber trotzdem nicht glauben, dass sie tot war. Ich konnte es mir einfach nicht vorstellen. Aber vielleicht gab es da nichts vorzustellen, vielleicht lag es daran, dass ich die Leiche gefunden hatte und es das erste Mal für mich war.

Es wurde schon fast hell hinter den Rollläden, als ich endlich einschlief. Bald danach klingelte der Wecker, und es kam mir vor, als hätte ich kein Auge zugetan.

7.

Als ich ins Kommissariat kam, zog Scarano eine Show ab, und alle standen um ihn rum. Scarano hat wirklich den falschen Beruf, er hätte Schauspieler werden sollen. Wenn der nur den Mund aufmacht, liegst du auf dem Boden vor Lachen – die Gesten, die Grimassen, du kannst gar nicht anders.

Grade erzählte er, wie der Polizeipräsident am Morgen gegen acht angerufen hatte, weil er dringend den Commissario sehen wollte. Da der Fiat vom Commissario nicht angesprungen war, hatte Scarano ihn hingefahren. Inzwischen war es schon neun durch gewesen. Der Präsident war nervös.

»Ich warte seit über einer Stunde auf Sie«, konnte er sich nicht verkneifen.

»Ich dachte nicht, dass es so eilig ist«, gab der Commissario zurück. »Sonst wäre ich früher gekommen.«

Der Polizeipräsident lächelte schmal. Er sagte, dass es ja nur ein inoffizielles Treffen wäre, und erklärte, dass er Druck von oben bekommen hätte und deshalb mit ihm sprechen wollte.

»Also ist unser Treffen gar nicht so inoffiziell«, sagte der Commissario.

»Machen Sie sich ruhig lustig, Santagata, aber der Mord an diesem Mädchen ist eine ernste Sache.«

»Lo Russo, die aus Posillipo?«

»Wie gehen die Ermittlungen voran?«

»Sie gehen voran.«

»Wir müssen den Täter so schnell wie möglich verhaften.«

»Verstanden«, antwortete der Commissario. »Wenn der Gestank dorthin zieht, wo er nicht hin soll, haben es alle plötzlich sehr eilig.«

»Was wollen Sie jetzt damit sagen?«

An dieser Stelle machte Scarano ein Gesicht, das genauso aussah wie das vom Commissario.

»War nur ein Witz, Herr Präsident. Aber keine Sorge, wir tun wie immer alles, um den Täter zu finden.«

»Ich verlasse mich auf Sie«, sagte der Polizeipräsident zufrieden.

»Leider gehe ich in zwei Tagen in Urlaub«, setzte der Commissario nach, »da werde ich keine große Hilfe sein können.«

Der Polizeipräsident war wie vom Donner gerührt.

»Das ist nicht Ihr Ernst, oder?«

»Doch, aber wo liegt das Problem? Catogno kann mich vertreten.«

»Ach kommen Sie, Santagata, der hat doch keinerlei Erfahrung.«

»Sie haben Catogno befördert, nicht ich.«

»Ja, schon gut, Sie wissen doch, wie das läuft. Versuchen Sie bitte, Ihren Urlaub um ein paar Tage zu verschieben.«

»Das geht leider nicht«, antwortete der Commissario.

Der Polizeipräsident tat alles, um ihn zu überreden, aber als er merkte, dass der Commissario sich stur stellte, gab er nach und sagte, dass er sich persönlich um den Fall kümmern werde.

Na ja, jedenfalls bepissten wir uns fast vor Lachen über Scaranos Pantomime, selbst Cipriani, der sonst immer ernst blieb, konnte sich ein Grinsen nicht verkneifen.

»Bei der Hitze würde ich am liebsten auch in Urlaub«, sagte Cardillo, dem der Bauch beim Lachen rumhüpfte und der wie verrückt schwitzte.

»Wenn es nach dir ginge, hättest du immer Urlaub«, antwortete Musella.

»Na und? Lass mich doch.«

»Cardì, dich lassen sie doch sowieso nicht an den Strand, du nimmst zu viel Platz weg«, grölte Scarano.

Wieder alle auf dem Boden vor Lachen.

»Du bist 'ne Nummer, Scarà«, sagte ich. »Du hättest Schauspieler werden sollen.«

»Bin ich doch seit zehn Jahren.«

»Wusste ich gar nicht. Wo trittst du denn auf?«

»Wenn ich nach Hause komme. Was ich mir nicht alles ausdenke, um meine Tochter zum Lachen zu bringen!«

»Entschuldige, hab's nicht gleich geschnallt.«

»Schon gut.«

»Hat das Bad in Lucrino wenigstens geholfen?«

»Ja, hat es, wenigstens hatte sie ihren Spaß. Ach übrigens, der Commissario hat vorhin nach dir gefragt.«

Der Commissario saß mit der üblichen schwarzen Jacke an seinem Schreibtisch. Keine Ahnung, was ihm grade durch den Kopf ging, wie immer. Auf dem Schreibtisch entdeckte ich Sarahs Adressbuch, das er am Tag zuvor eingesteckt hatte.

»Guten Tag, Commissario, Sie wollten mich sprechen?«

»Ich wollte dir sagen, dass die Gerichtsmedizin den Zeitpunkt des Todes feststellen konnte, zwischen 16 und 16 Uhr 40.«

»Also muss kurz nach dem Telefonat mit den Eltern was passiert sein?«

»Auf jeden Fall.«

»Und das Adressbuch? Ist da irgendwas rausgekommen?«

»Ich hab's heute Nacht durchgeblättert und einen Namen gefunden, neben den ein Herz gemalt war. Guck mal.«

»Nicht Sandro?«, fragte ich und griff nach dem Buch.

»Nein. Er heißt Genny Esposito.«

Ich sah den Namen in Rot mit einem Herz daneben, auch rot, und einem Pfeil mittendurch.

»Wer ist denn dieser Genny?«

»Sieht so aus, als wäre das Sarahs Ex.«

Während wir redeten, öffnete der Commissario eine Schreibtischschublade. Ich erwartete, dass er irgendein Papier oder Dokument herausnahm. Stattdessen kamen eine Flasche Whisky und ein Plastikbecher zum Vorschein. Er goss sich das Glas halbvoll und fragte, ob ich probieren wollte. Ich hab nein danke gesagt. Irgendwo hatte ich gehört, dass der Commissario soff, dass er fast mal zum Alki geworden war, aber ich dachte immer, das wäre nur Gerede. Das hier war auch das erste Mal, dass ich ihn trinken sah. Er kippte das Glas. Mir war es peinlich, aber ich wusste nicht, was ich sagen sollte.

»Was denkst du?«, fragte er.

»Nichts, Commissario, gar nichts.«

Er lächelte belustigt.

»Tee.«

»Was?«

»Das ist Tee, kein Whisky.«

Ich hatte keine Ahnung, ob das stimmte oder eine Ausrede war, um die Sache zu vertuschen.

»Wenn Sie's sagen.«

»Es ist natürlich komisch, Tee in eine Whiskyflasche zu füllen, das denkst du doch, oder?«

»Ja, das heißt nein, das geht mich nichts an, Commissario.«

»Vielleicht erzähle ich dir irgendwann mal davon. Aber jetzt zurück zu diesem Genny Esposito, du musst mir einen Gefallen tun.«

»Klar.«

Er nahm ein Foto aus einer Akte.

»Das ist ein Foto von ihm. Geh gleich mal in die Via del Parco Mastriani, und frag diesen Lehrer, ob es derselbe Junge ist, mit dem er Sarah vor zwei Tagen morgens gesehen hat. Ich hab ihn schon angerufen, er erwartet dich.«

»Okay.«

»Aber schnell, wenn du wiederkommst, erkläre ich dir den Rest.«

Eine halbe Stunde später war ich zurück.

»Und?«, fragte der Commissario.

»Er weiß es nicht genau.«

»Wie?«

»Erst hat er gesagt, dass er es sein könnte. Als er dann die Aussage unterschreiben sollte, fing er an, ganz sicher wäre er nicht, die Haare wären länger, die Augen irgendwie anders, dass er die Verantwortung nicht übernehmen könnte.«

»Natürlich nicht. War ja klar.«

»Erklären Sie mir, worum es eigentlich geht, Commissario?«

»Also, Sarah und Sandro haben sich doch gestritten, nicht wahr?«

»Ja, das haben sowohl der Vater am Telefon aus Roccaraso als auch Sandro gesagt, als ich ihn auf Capri verhört habe.«

»Aber keiner hat gesagt, worüber sie gestritten haben.«

»Verstanden. Sie denken, dass sich Sarah wieder mit ihrem Ex getroffen hat, Sandro das rausgekriegt hat und ihr die Hölle heiß gemacht hat.«

»Sehr gut.«

»Aber Sandro hat ein Alibi. Wenn sie sich wirklich mit ihrem Ex getroffen hat und Sandro eifersüchtig geworden ist, was bringt uns das?«

»Hör zu. Heute Morgen ist Sandro Cangiullo hier gewesen, um die Aussage zu unterschreiben. Es ging ihm besser, und er hat sich für gestern entschuldigt. Ich habe die Gelegenheit genutzt und ihn nach diesem Genny Esposito gefragt, aber er hat gesagt, er hätte noch nie von ihm gehört. Das fand ich komisch, und deshalb habe ich Sarahs Vater angerufen, um rauszufinden, ob der ihn kennt.«

»Und was hat der gesagt?«

»Er hat sofort losgeschrien, als ich den Namen Genny Esposito genannt habe, fürchterlich geflucht. Dann hat er sich beruhigt und mir erklärt, dass das ein Prolet wäre und dass seine Tochter mehr als einmal mit ramponiertem Gesicht heimgekommen wäre, als sie mit dem zusammen war.«

»Echt?«

»Nicht nur das. Anscheinend ist Esposito, als sie endlich Schluss gemacht hat, ihr nachgelaufen, um sie wieder rumzukriegen. Und weil sie nicht wollte, ist er richtig auf sie losgegangen.«

»Und davon will Sandro nichts gewusst haben?«

»Vielleicht hat sich Sarah geschämt und ihm nichts davon erzählt.«

»Aus welchem Viertel kommt dieser Esposito eigentlich?«

»Aus der Sanità.«

Komisch, dass Sarah was mit einem aus der Sanità hatte. Man blieb doch unter sich, und Posillipo und die Sanità hatten echt gar nichts miteinander zu tun.

»Und mit so einem war Sarah zusammen?«

»Ja, war sie. Und der Typ ist außerdem kriminell.«

»Wieso, ist der vorbestraft?«

»Cipriani hat im Archiv nachgeschaut: verschiedene Anzeigen wegen Überfall, eine wegen Schlägerei und eine Verhaftung wegen Handgreiflichkeiten gegen einen Polizisten. Vor drei Monaten die letzte Festnahme, weil er nach einem Meisterschaftsspiel zwei Fans von Verona krankenhausreif geprügelt hat. Und um die Sache rund zu machen, nennen sie ihn im Viertel den Pianisten, weil er jede Kleinigkeit mit den Händen löst.«

Ich dachte drüber nach, aber das wollte mir irgendwie nicht in den Kopf.

»Commissario, ich kann mir gar nicht vorstellen, dass eine wie Sarah was mit so einem Tier hatte.«

»Dir kommt das komisch vor, ist mir klar, aber die waren fast ein Jahr zusammen.«

Ein Jahr? Unmöglich.

»Sag Lo Masto und Cipriani, dass sie kurz in die Sanità sollen, ihn finden und rauskriegen, ob er für gestern Nachmittag ein Alibi hat.«

Ich war schon aus dem Zimmer, um den Befehl weiterzugeben, dachte aber plötzlich, dass ich den Ex von Sarah lieber selber suchen wollte. Also ging ich zurück und fragte den Commissario, ob ich für Cipriani gehen durfte. Er schaute mich überrascht an, weil normalerweise kümmere ich mich lieber um den Schreibkram im Büro.

»Cipriani ist aus Brescia, Commissario, da können wir gleich mit Blaulicht in die Sanità fahren.«

»Na gut, aber in Zivil.«

Ich nickte und ging los, voller Tatendrang.

8.

In der Sanità trieb sich dasselbe Pack rum wie immer, obwohl es die Woche von Ferragosto war. Frauen schlurften über den Platz, beladen mit Einkaufstüten, verschwitzt, die geschwollenen Venen sahen so aus, als würden sie beim nächsten Schritt platzen. Alte Männer saßen vor den Läden im Schatten der Häuser, dort war es kühler. Typen palaverten über ihre Geschäfte, Kippe im Mund und immer kurz vor der nächsten Zote. Ab und zu schwang eine Tussi in zu engem T-Shirt ihren Arsch vorbei. Eine Alte beugte sich vom Balkon und schrie irgendwas runter. Und die Halbstarken röhrten auf ihren Mopeds rum, das Vorderrad in der Luft, große Käfer, die wild durcheinanderkrabbeln. Wäsche draußen auf der Leine. Alle paar Meter eine Kapelle mit einem anderen Heiligen. Und mitten in diesem ohrenbetäubenden Chaos, mitten in dem beruhigenden Geruch von Tomatensauce und frischer Wäsche machen sie die unglaublichsten Deals. Du musst nur in eine der kleinen Gassen ringsum abbiegen, ins feuchte Halbdunkel von irgendeinem Hauseingang abtauchen, und da gehen blitzschnell Geld, Pistolen, Beutel mit Hasch oder Stoff zum Spritzen, Raubkopien von Filmen, die noch nicht mal im Kino laufen, von Hand zu Hand, und wer will, kann sich auch eine Kalaschnikow besorgen, um offene Fragen ein für alle Mal zu klären.

»Schau nicht hin, sonst sind wir am Arsch«, sagte Lo Masto.

Nun war ich schon wer weiß wie oft in diesem Viertel gewesen, aber es war was anderes, einfach nur rumzulaufen, als hier zu wohnen, zu wissen, wo du abends dein Bier trinkst, wen du grüßt und wen besser nicht.

Ich zwang mich, locker zu bleiben, und wir gingen Richtung Fontanelle hoch, ohne dass was passierte.

»Bist du von hier, Lo Mà?«

»Schön wär's, das kannste nicht Viertel nennen, wo ich wohne, das ist das Ghetto.«

»Nun übertreib mal nicht.«

»Glaub's mir – keine Bar, kein Platz, kein Kino, und mit all dem Grün ringsum nicht mal ein Fußballfeld. Fuck, die wollen die armen Schweine da echt plattmachen.«

Ich wollte ihn grade fragen, weshalb er Polizist geworden war, als er mit dem Kopf auf eine Wohnung im Erdgeschoss wies. Dort stand einer mit nacktem Oberkörper und vom Fitnessstudio aufgepumpten Muskeln. Er hatte gegelte Haare und baggerte ganz cool eine lachende Dunkelhaarige an.

»Das ist er«, sagte Lo Masto.

Er sah anders aus als auf dem Foto, deshalb erkannte ich ihn nicht sofort. Ich musste an Sarah neben so einem Typen denken – total absurd. Wir wollten zu ihm hin, hatten aber noch keinen Schritt getan, als jemand hinter uns Alarm schlug.

»Feuer! Genny, Feuer! Hau ab!«

Irgend so ein zehnjähriger Hosenscheißer, keine

Ahnung, warum wir dem aufgefallen waren. Sicher folgte er uns schon eine Weile.

Genny sah uns und war sofort durch die Gasse weg. Wir hinterher.

Er rannte schnell, war ja trainiert, aber Lo Masto und ich hingen ihm an den Fersen. Als wir ihn beinahe hatten, hielt er plötzlich ein Mofa an, warf den Fahrer gegen die Mauer und schoss los. Keine Chance mehr für uns. Wir liefen zwanzig Meter weiter und hielten dann fluchend an. Als er merkte, dass wir aufgaben, drehte er sich nach uns um, schnitt Grimassen und knallte dabei in ein parkendes Auto. Er fiel hin, sprang sofort wieder auf und rannte ohne Mofa weiter. Wir hinterher. Ich merkte, dass er langsamer lief und sich an den Oberschenkel griff, auf den er gefallen war. Inzwischen hatten wir ihn fast, aber er rannte von der Gasse weg in ein Kellerloch rein.

Wir hinterher.

Die Wohnung lag im Halbdunkel und stank nach Rauch und vergammelten Zwiebeln. Auf einer Seite dröhnte auf einer Kommode neben dem Gasherd der Fernseher. Auf der anderen Seite saß ein spindeldürrer Alter auf einem Bett und schlürfte Milchsuppe.

»In so 'nem Loch kann man wohnen?«, fragte Lo Masto.

Der Alte beachtete uns nicht und zermalmte weiter sein eingetunktes Brot mit den Lippen, weil er keine Zähne mehr hatte.

Lo Masto riss ein schmutziges Bettlaken von der

Decke, dahinter waren das Klo und so ein schmales Fensterloch ohne Glas.

»Mach schnell«, schrie er.

Er sprang auf das Klo und zwängte sich durchs Fenster, ich hinterher.

Wir landeten auf einem Platz. Lo Masto schaute sich um und entdeckte ihn.

»Los, jetzt schnappen wir ihn uns!«, schrie er.

Ich war außer Atem, gab aber nicht auf. Genny verlor Meter um Meter, wir holten auf. Als Lo Masto ihn fast beim Wickel hatte, fuhr uns ein Rollstuhl mit einem Behinderten direkt vor die Füße. Lo Masto fluchte wie verrückt, warf Rollstuhl und Behinderten um, und wir rannten weiter. Nach zehn Metern tauchte plötzlich ein Moped vor uns auf, keine Ahnung, wo das herkam. Klar, das machten die extra, damit Genny abhauen konnte. Einen Augenblick später kamen zwei Frauen mit ihren Einkäufen, nach den Frauen rannten fünf, sechs Kinder um uns rum, die mit einem Ball spielten.

Das war's, der war weg, keine Chance mehr, ihn zu finden.

Lo Masto trat gegen eine umgekippte Mülltonne.

»Verdammter Scheißdreck«, brüllte er.

Ringsum lachten sie uns hämisch nach, und ich fühlte mich wie der letzte Depp.

9.

»Ist meine Schuld«, sagte ich beschämt.

»Vergiss es, setz dich«, sagte der Commissario und rief nach Cardillo.

»Ich war zu nervös, das haben die gemerkt.«

»Den kriegen wir trotzdem«, sagte der Commissario und gab Cardillo den Befehl, die Fotos von Esposito zusammen mit einem Haftbefehl an alle Kommissariate zu schicken.

»Ich trink noch meinen Kaffee, dann leite ich alles weiter.«.

»Nein, Cardì, bitte sofort.«

Nachdem Cardillo raus war, nahm der Commissario einen Zettel vom Schreibtisch.

»Übrigens hat der Anwalt angerufen, den du gestern verhört hast.«

»Santoro?«

»Er hat gesagt, dass er den Notruf gewählt hat, als er merkwürdige Geräusche auf der Treppe gehört hat.«

»Komisch. Gestern hat er ausgesagt, dass er nichts gehört hat, weil er ein wenig taub ist, und von Notruf war nicht die Rede.«

»Was ist das denn für einer?«

»Alt, ziemlich verschroben. Ach ja, und der hat mich nicht mal in die Wohnung gelassen.«

Der Commissario dachte eine Weile nach.

»Soll ich nochmal mit ihm reden, Commissario?«

Irgendwie wollte ich die blöde Show unten in der Sanità wiedergutmachen.

»Jetzt schnappen wir uns erst mal den Pianisten«, antwortete er. »Kann sein, dass wir den Fall so viel schneller abschließen.«

Bestimmt wollte der Commissario damit durch sein, bevor er in Urlaub ging. Aber obwohl er mit dem Pianisten Recht hatte, fand ich, dass man diesen Santoro nochmal verhören sollte.

»Vielleicht weiß der Anwalt was, was uns nützen kann«, versuchte ich es. »Vielleicht hat er gesehen, wie Esposito mit dem Mädchen gestritten hat, und hat Schiss, weil der ihn bedroht hat.«

Der Commissario schaute mich schweigend an und trommelte auf seinem Schreibtisch rum.

»Nur um sicherzugehen.« Ich ließ nicht locker.

Der Commissario lehnte sich zurück, schaute mich an und zeigte auf die Tür.

»Na, dann los«, sagte er.

»Danke, Commissario.«

Ich sprang zur Tür.

»Dienstmütze!«, rief er mir hinterher.

Ich war so froh, dass ich das Ding glatt auf dem Schreibtisch vergessen hatte. Als ich zurückging, merkte ich, wie der Commissario mich neugierig anstarrte. Vielleicht fragte er sich, weshalb ich mich so für diese Geschichte interessierte. Das wusste ich selber nicht. Ich wusste nur, dass um mich rum nichts mehr so war wie vorher, seit ich Sarah tot in ihrem Haus gefunden hatte. Irgendwie glaubte ich, dass ich erst dann wieder zur Ruhe kam, wenn ich rausfand, was passiert war, wenn wir den kriegten, der's gewesen war.

Im Hausflur kam mir Sarahs Katze entgegen. Am Tag zuvor war sie nur irgendwie unruhig gewesen. Jetzt schien sie durchgedreht zu sein. Sie rannte hin und her, vom Brunnen zur Treppe, schnupperte, dann rannte sie in den ersten Stock hoch, lief auf dem Treppenabsatz rum und dann wieder runter. Ich beugte mich zu ihr, wollte sie streicheln. Sie blieb stehen, schaute mich an, miaute und lief weiter. Was der wohl durch den Kopf ging. Wer weiß, ob sie kapiert hatte, dass ihr Frauchen nicht wiederkam.

Als ich mich aufrichtete, ging die Haustür auf, und eine ungefähr dreißigjährige Frau mit orientalischem Einschlag und dunkler Haut kam rein, die ich tags zuvor nicht gesehen hatte. Als sie mich sah, hatte ich den Eindruck, dass sie unsicher war, was sie tun sollte. Dann gab sie sich einen Ruck und lief durch den Hausflur. Als sie an mir vorbeiging, warf sie einen Blick in die Ecke, wo Sarah gestorben war. Danach kreuzten sich unsere Blicke. Sie senkte den Kopf, sagte leise guten Tag und ging schnell in Richtung Aufzug. Keine Ahnung, wer sie war und ob Cipriani sie schon verhört hatte, aber ein paar Fragen konnte ich ihr ja wohl stellen, dachte ich. Während ich drüber nachdachte, fuhr auch schon der Aufzug los, deshalb ließ ich es erst mal bleiben und ging hoch, um den Anwalt zu verhören.

Ich kam an die Tür und klingelte. Weil keiner aufmachte, klingelte ich nochmal. Dann hörte ich von drinnen Schritte, sah den Spion aufblitzen, als jemand durchsah, dann die verärgerte Stimme einer alten Frau.

»Wer sind Sie? Was wollen Sie?«

»Ich bin von der Polizei, Signora.«

»Können Sie sich ausweisen?«, sagte sie immer noch nervös. »Ich will Ihren Ausweis sehen.«

Die nahm mir nicht mal die Uniform ab. Ich hielt den Ausweis vor die Tür, damit sie ihn anschauen konnte. Trotzdem konnte sie sich nicht durchringen aufzumachen.

»Die Polizei hat uns schon verhört. Wir haben nichts mehr zu sagen.«

Ich dachte mir, dass sie vielleicht nicht richtig sehen konnte, weil es so dunkel war.

»Signora, ich bin Polizist. Ist Ihr Mann da?«

Jetzt schrie sie fast.

»Verschwinden Sie. Lassen Sie uns in Ruhe. Wir sind anständige Leute. Gehen Sie endlich.«

Ich wusste nicht, was ich tun sollte.

Während die Frau immer wieder schrie, dass ich abhauen sollte, hörte ich von drinnen die Stimme vom Anwalt näher kommen.

»Wer ist denn da? Was plärrst du so?«

»Die Polizei«, sagte sie aufgeregt. »Ich habe gesagt, dass sie uns in Ruhe lassen sollen, aber der will einfach nicht verschwinden.«

»Die Polizei?«

»Genau. Ich habe gesagt, dass sie uns schon verhört haben und wir nichts weiter zu sagen haben.«

»Bist du wahnsinnig, willst du uns in Schwierigkeiten bringen?«

Das Schloss drehte sich dreimal, und die Tür ging auf.

Der Anwalt war sicher über siebzig. Groß, hager, mit weißen, nach hinten gekämmten Haaren und faltigem Gesicht. Er war immer gut gekleidet, aber im Gegensatz zu gestern war er nicht rasiert und wirkte älter. Er entschuldigte sich für seine Frau, ließ mich rein und ging mir im Korridor voraus. Seine Frau kam hinter uns her. Sie sah älter aus als er. Knochig, krumm, die grauen Haare klebten ihr am Kopf. Sie lief mit schnellen, kleinen Schritten und hörte nicht auf.

»Die Polizei hat uns schon verhört. Weshalb kapieren Sie nicht, dass wir nichts mehr dazu zu sagen haben? Wir wissen nichts über diese Geschichte, lassen Sie uns in Ruhe.«

Mir platzte fast der Kopf von dem Gewäsch.

Irgendwann hatte auch der Anwalt genug. Er drehte sich zu seiner Frau um und breitete die Arme aus.

»Bitte, Matilde.«

Sie murmelte weiter vor sich hin, verschwand aber mit schnellen Schrittchen.

»Kann ich Ihnen etwas anbieten?«, fragte der Anwalt, als wir im Wohnzimmer waren.

»Bitte keine Umstände, Avvocato.«

»Zieren Sie sich nicht: Kaffee, Bier, ein kleiner Schnaps?«

»Na ja, ein Glas Wasser wär nicht schlecht bei der Hitze.«

»Wenn Sie mich entschuldigen«, sagte der Anwalt, und ging aus dem Zimmer.

Während ich auf ihn wartete, schaute ich mich um.

Das Wohnzimmer war riesig. Ein Regal, das bis unter die Decke reichte, so ein Monster, vollgestopft mit Büchern. Einige waren richtig alt, aber gepflegt, kein Staubkorn. Auf einer Kommode in einem Glaskasten ein polierter Orden. Auf einem Tischchen an der Seite ein Marmorschachspiel, auch die Spielfiguren waren aus Marmor. Neben dem Fenster ein antiker Holzstuhl, eine zwei Meter hohe Standuhr und eine Musikanlage, die in die Wand eingelassen war. Auf dem Boden ein Teppich, der wertvoll aussah, ein wenig abgetreten. An den Wänden drei Bilder mit religiösen Motiven, wahrscheinlich auch was wert. Und zwei alte Fotos in Lebensgröße, wahrscheinlich von Verwandten, die hatten die gleiche Kartoffelnase wie der Anwalt.

Er kam mit dem Wasser zurück und zeigte auf einen Sessel ohne Armlehnen. Er setzte sich auf genau so einen.

»Wie kann ich Ihnen helfen?«, fragte er freundlich.

Der Anwalt schüchterte mich ein wenig ein. Weil er so vornehm war, klar. Aber auch, weil er aus der Nähe wie ausgehöhlt aussah, als würde ihn eine Krankheit zerfressen.

»Ich habe den Orden gesehen, Avvocato, waren Sie im Krieg?«, fragte ich, um das Gespräch in Gang zu bringen.

Sein Gesicht leuchtete auf, ich begriff, dass er gern über die Vergangenheit sprach.

»Ich war über ein Jahr in Afrika. Sie sind jung, da waren Sie noch nicht mal geboren. Den Orden haben sie mir aber später verliehen, weil ich zwei Kinder vor den Nazis gerettet habe.«

»Das ist großartig«, sagte ich.

»Ich habe auch die vier Tage von '43 mitgemacht.«

Ich schaute ihn an, ohne was zu sagen, weil ich nicht wusste, was er mit den vier Tagen meinte.

»Als wir hier die Deutschen aus Neapel verjagt haben«, erklärte er.

»Ach so.«

Mir fiel auf, dass der Anwalt, während er sprach, einen Faden um den Finger wickelte, der aus dem Sessel hing. Mit dem Zeigefinger. Er wickelte ihn sich um, dann wieder ab, und danach wickelte er ihn sich wieder um.

»Aber Sie sind ja wohl nicht hier, um sich uralte Geschichten von vor fünfzig Jahren anzuhören.«

»Das interessiert mich aber.«

Das sagte ich, weil ich nicht so recht wusste, wie ich anfangen sollte. Aber das hatte er wohl gemerkt und machte selbst den Anfang.

»Ja, das interessiert Sie, aber eigentlich wollen Sie was über das Mädchen wissen, oder?«

»Wenn es Ihnen nichts ausmacht ...«

»Ich bitte Sie. Erwarten Sie bloß nicht zu viel.«

»Woran erinnern Sie sich, Avvocato?«

»Ich kannte das Mädchen nur vom Sehen. Guten Tag, guten Abend, wie geht's, das Übliche. Aber immer mit einem Lächeln, eine freundliche Geste ab und zu. Gut erzogen, man freute sich, sie zu sehen.«

Er hustete und wischte sich den Mund mit einem Taschentuch ab.

»Gestern Nachmittag, das muss gegen Viertel vor vier gewesen sein, hörte ich irgendwann einen Schrei. Eigentlich war ich nicht ganz sicher, weil ich nicht gut höre und Musik lief. Ich habe sofort leiser gestellt und habe nochmal Schreie gehört. Eine weibliche Stimme, ganz sicher. Dann, als ich es zum dritten Mal hörte, habe ich die Polizei gerufen. Das ist alles.«

»Haben Sie sofort die Polizei gerufen?«

»Ja ... ja, sofort«, antwortete er, aber der Ton überzeugte mich nicht.

Ich fragte ihn, warum er mir gestern nichts davon gesagt hatte, weder von den Schreien noch von seinem Anruf.

»Sie wissen doch, wie das ist«, sagte er, »wenn so was passiert, denkt man immer, besser raushalten. Das gibt nur Ärger.«

Dann starrte er ins Leere, als würden ihn andere, wichtigere Gedanken ablenken. Ich dachte nochmal über das nach, was er gesagt hatte, ob ich auch wirklich alles gefragt hatte. Aber es schien alles geklärt zu sein, und ich wollte grade aufstehen, als mir wie ein

Blitz eine Frage durch den Kopf zuckte. Eine irgendwie heikle Frage, deshalb zögerte ich.

»Entschuldigen Sie, Avvocato, eine Sache verstehe ich nicht.«

Er lächelte freundlich.

»Keine Scheu, fragen Sie ruhig.«

Ich schwieg noch einen Moment, dann gab ich mir einen Ruck.

»Als Sie das Mädchen schreien gehört haben, wieso sind Sie nicht rausgegangen und haben nach ihr gesehen?«

Er lächelte traurig. Dann stand er auf, ging zu einer Vitrine, öffnete sie und nahm ein Glas, in das er einen Schluck Anisschnaps kippte. Die Uhr schlug Viertel nach vier. Er setzte sich wieder hin und trank seinen Anis.

»Ich wollte raus, aber meine Frau hat mich an der Jacke gepackt. Halt, wo willst du hin?, hat sie gefragt. Bist du verrückt geworden? Die bringen dich um, du bist verrückt, bleib hier, was soll das, kümmer dich um deine Angelegenheiten. Sie haben sie ja erlebt. So ist sie nun mal ...«

Er hob den Arm und machte eine unbestimmte Geste ins Leere.

»Die Ärmste, so ist sie eben. Und deshalb bin ich nicht raus, sondern habe die Polizei gerufen.«

Der Blick des Anwalts verlor sich wieder, und auf einmal begriff ich, dass es genau das war, was ihn quälte und innerlich zerfraß. Für einen, der im Krieg gewesen war, der die Deutschen verjagt hatte, der zwei Kinder vor den Nazis gerettet hatte, für so einen ist es, auch wenn er inzwischen alt ist, beschämend, sich von den Schreien eines Mädchens Angst einjagen zu lassen.

Dem Anwalt war es peinlich, und ich rührte mich eine Minute lang nicht. Aber ich konnte natürlich nicht bis Weihnachten sitzen bleiben.

Ich stand auf.

»Danke für die Unterstützung.«

Er wollte mich begleiten.

»Keine Umstände, Avvocato, ich kenne den Weg. Auf Wiedersehen.«

Als ich ging, blieb er sitzen und starrte auf das leere Glas in seinen Händen.

10.

Mir fiel mein Großvater ein. Bei der Arbeit auf den Booten hatte er immer eine blaue Mütze auf, mit einer Bommel obendrauf. Die nahm er nie ab, nicht beim Essen und auch nicht beim Schlafen. Nur einmal hab ich gesehen, wie er sie abnahm, bei der Beerdigung eines Freundes, als der Priester »Amen« sagte. Danach hat er sie gleich wieder aufgesetzt.

Als er dann krank wurde und das Bett nicht mehr verlassen konnte, wollte er, dass ich zu ihm kam, um weiterzulernen.

Er sagte, dass der Mensch nur dann frei ist, wenn er einen Beruf hat.

In Gedanken bei meinem Großvater, kam ich unten in Mergellina an. Draußen auf dem Meer vor dem Castel dell'Ovo fand eine Segelregatta statt, zehn oder fünfzehn Schiffe mit schlaffen Segeln, die nicht vom Fleck kamen. Sie warteten auf Wind, aber nicht mal aus Versehen kam eine Böe vorbei. In der Nähe der Felsen lag ein Boot verankert, beinahe am Ufer, und unter dem Sonnensegel hörte man ein Pärchen streiten. Das Wasser vor dem kleinen Strand war grau und voller Plastiktüten, aber die Leute badeten trotzdem. Aus dem Hafen von Mergellina fuhr ein Reiche-Leute-Schiff aus, dreistöckig und mit Matrosen in Uniform, die die Fender einzogen.

Ich blieb stehen und schaute mir das Schiff im Sonnenlicht an.

Es war unerträglich heiß, trotzdem schaute ich zu. Schnell nahm das Schiff Kurs auf einen Punkt zwischen Capri und Punta Campanella und zog hinter sich Schaumwellen her, die wie gezeichnet aussahen, so scharf umrissen waren sie. Ich wartete, bis ich das Schiff nicht mehr sehen konnte.

Irgendwann wollte ich auch mal eine Reise machen. Vielleicht nach Sizilien, mit der Fähre, die abends ablegte. Ich hatte in einer Zeitschrift gelesen, dass es auf Sizilien Orte gibt, wo du glaubst, du bist im Paradies. Kristallblaues Meer, Stille und Apfelsinen so groß wie die Zitronen von Sorrent. Ich würde den ganzen Tag nur schwimmen, Seeigel mit Brot essen und vielleicht eine kennenlernen, der Markenjeans egal sind.

Ich nahm die Dienstmütze ab und hielt den Kopf unter den Wasserstrahl eines Trinkbrunnens. Dann trank ich ein paar Schlucke, ging über die Straße und nahm den Bus zurück in die Zentrale.

Als ich ankam, lief der Commissario grade mit Cipriani die Treppe runter.

»Commissà, wo gehen Sie hin?«

»Wir schnappen uns den Pianisten.«

»Haben Sie ihn gefunden?«

»Ein Informant hat Lo Masto verraten, wo er sich verstecken könnte.«

Der Commissario ging in Richtung Auto. Ich wusste nicht, was ich machen sollte. Als er einstieg, sah er mich unschlüssig auf dem Bürgersteig stehen.

»Was ist? Los, beeil dich.«

Der Commissario setzte sich neben Cipriani auf die Beifahrerseite, ich ging nach hinten. Vor uns noch ein Wagen mit Lo Masto, Scarano und Cardillo.

»Ach so, Ciprià«, sagte der Commissario, als wir losfuhren, »wir müssen erst noch zu den Lo Russo. Nur eine Minute.«

»Zu Sarahs Eltern?«

»Ja. Wir müssen ihnen sagen, dass es mit der Autopsie länger dauert und die Beerdigung verlegt werden muss«, erklärte der Commissario.

»Da hätten wir doch auch anrufen können«, sagte Cipriani.

»Hätte man, Ciprià, aber ich hab's vergessen, okay? Verständige die Streife vor uns, sonst verlieren wir die.«

Cipriani hat das Auto von Lo Masto überholt und Zeichen gegeben, uns zu folgen.

»Was hat der Anwalt noch gesagt?«, fragte der Commissario.

»Dass er um Viertel vor vier das Mädchen hat schreien hören und deshalb die Polizei gerufen hat.«

»Keine Geräusche?«

»Er hat von Schreien geredet. Er wollte raus, aber seine Frau hat ihn zurückgehalten. Deshalb hat er angerufen. Er sagt, sofort, aber das glaub ich nicht. Ciprià, erinnerst du dich, wann die Zentrale uns angerufen hat?«

»Das muss gegen halb fünf gewesen sein.«

»Also ist mindestens eine halbe Stunde vergangen, bevor er so weit war.«

»Sonst noch was?«, fragte der Commissario.

»Nichts. Nur so eine Chinesin am Aufzug, die ich gestern gar nicht gesehen habe. Weißt du was von der, Ciprià?«

»Das ist eine Philippinin, keine Chinesin«, korrigierte er mich.

»Wie auch immer, jedenfalls aus der Ecke.«

»Sie heißt Martinez und ist Hausangestellte bei den Caputo, die im dritten Stock wohnen. Sie sind allein auf der dritten Etage.«

»Sind die Millionäre?«

»Er ist ein erfolgreicher Architekt, und sie hat ein Geschäft mit Handtaschen. Aber das steht alles in meinem Bericht.«

Den Bericht hatte ich total vergessen.

»Die Vorschriften besagen, dass der zu lesen ist. Hast du das getan?«

»Zweimal«, log ich. »Aber diese Caputo sind mir irgendwie durchgerutscht.«

Ich hatte Angst, der Commissario würde ausrasten. Aber er sagte nichts und konnte sich ein Grinsen nicht verkneifen.

Fünf Minuten später waren wir in der Via del Parco Mastriani. Der Commissario stieg aus und ging zum Eingang. Dann kam er zurück und lehnte sich ans Fenster.

»Acanfora, kommst du?«

»Ich?«

»Ich glaube, du bist gut in solchen Situationen.«

»Ist mir eigentlich ein bisschen peinlich.«

»Na los, wir haben keine Zeit zu verlieren, nun komm schon.«

Sie saßen dicht nebeneinander auf dem Sofa. Sarahs Mutter sah wie betäubt aus, als hätten sie ihr was zur Beruhigung gegeben. Und dunkle Augenringe hatte sie, mit denen sie älter aussah. Aber bis auf die Augenringe war sie immer noch hübsch. Dasselbe sanfte Lächeln wie Sarah auf dem Foto, schulterlange blonde Haare, und sie war schlank, die Jahre hatten sie nicht aus der Form gehen lassen. Ihr Mann war dagegen dicker und hatte einen harten Gesichtsausdruck, als würde er versuchen, einen Schmerz zu verbergen. Er redete ruhig, aber ab und zu zuckte seine Schulter, ein Tick.

Wir saßen ihnen gegenüber auf einem kleineren Sofa. Der Commissario erklärte ihnen das mit der Autopsie, hektisch, weil wir wenig Zeit hatten. Der Vater fragte, ob wir was rausgefunden hatten, aber der Commissario blieb vage. Ich hab dann, nur um irgendwas zu sagen, gesagt, dass ich Sarah unten im Flur gefunden habe, aber meine Stimme zitterte, ich kam durcheinander und hielt lieber den Mund.

Als wir aufstehen wollten, um uns zu verabschieden, gab uns die Mutter ein Zeichen, dass sie noch was sagen wollte, deshalb blieben wir sitzen und warteten.

»Als die Nachricht kam«, sagte sie leise, »dachte ich, dass das ein Fehler sein müsste. Ich konnte es nicht glauben. Es kam mir vor ...«

Sie schwieg. Als ob sie vergessen hätte, was sie sagen wollte. Ihr Mann nahm ihre Hand und drückte sie.

Wie ich sie so auf dem Sofa sah, so unglücklich, dachte ich, dass du kapierst, dass nichts auf der Welt logisch ist, wenn dein Kind stirbt. Du musst dich eh anstrengen, um das Leben zu begreifen, aber ein Kind auf diese Art zu verlieren, macht alles kaputt.

»Sie war unser einziges Kind, unser einziges Kind«, sagte der Vater.

Zuhause sind wir fünf, wenn da was passiert, hätte Mamma noch vier andere. Hier war nichts mehr zu machen. Gar nichts mehr.

Der Commissario warf einen Blick auf die Uhr und wollte unbedingt verschwinden, wusste aber nicht, wie.

»Sie war so schön«, sagte die Mutter lächelnd.

Der Commissario schaute wieder auf die Uhr und entschloss sich aufzustehen.

»Und jetzt schneiden sie sie uns auch noch in Stücke«, fügte die Mutter hinzu.

»Sie ist nun mal tot«, sagte der Commissario.

Ich zuckte zusammen und starrte ihn an. Was war denn mit dem los? Ich dachte, dass er vielleicht vor lauter Ungeduld, hier wegzukommen, das Erstbeste gesagt hatte, was ihm einfiel. Aber der Ton war barsch, als wäre es ihm egal. Sarahs Mutter verzog das Gesicht.

»Es stimmt, sie ist tot«, murmelte sie.

Einen Augenblick später stand sie auf und ging in

die Küche. Der Vater blieb schweigend sitzen. Ich wurde rot. Damit es keiner merkte, senkte ich den Kopf und starrte auf meine Stiefel.

»Ich wollte sagen«, korrigierte sich der Commissario etwas sanfter, »dass man später nichts mehr davon sieht. Und es hilft uns, zu verstehen, wer es war.«

»Ja«, sagte der Vater kalt, »wir haben ein Recht darauf, das zu erfahren. So kann man nicht sterben, völlig sinnlos.«

»Wir tun alles, was in unserer Macht steht, Herr Oberstleutnant«, sagte der Commissario. »Aber jetzt entschuldigen Sie uns bitte, wir müssen wirklich weiter.«

Ich stand auch auf und folgte ihm zur Tür. Ich war so durcheinander, dass ich vergaß, mich zu verabschieden.

11.

Im Auto sagte keiner ein Wort. Cipriani, weil er nervös war wegen dem, was uns bevorstand, der Commissario, weil er sowieso wenig redete, und ich grübelte immer noch über Sarahs Eltern.

Auf der Autobahn war wenig Verkehr, und wir kamen gut voran, die weißen Streifen auf der Fahrbahn schossen schnell unter den Rädern hervor. Nach dem Vomero schlängelte sich die Straße durch den Zement der Hochhäuser, fast konnte man die Leute in ihren Wohnungen sehen. Ab und zu sah es so aus, als wäre auf der Straße vor uns eine Pfütze. Aber das war die Hitze, wie eine Fata Morgana in der Wüste. Das hatte ich mal im Fernsehen gesehen, aber vergessen, wie es funktioniert.

Bei Casoria fuhren wir runter von der Autobahn. Wir folgten immer noch dem Wagen von Lo Masto, Scarano und Cardillo. Nach Afragola bog er ein paar Mal ab, plötzlich waren wir raus aus der Stadt. Wir wirbelten so viel Staub auf, dass wir die Fenster zumachen mussten, um nicht alles total einzusauen. Um uns rum überall Müll, Kühlschränke, Waschmaschinen und kaputte Fernseher. Ab und zu sah man ein Feld und Leute in der Sonne bei der Ernte. Sogar eine Nigerianerin im Mini sahen wir, die auf Kundschaft wartete. Und einen Wohnwagen ohne Räder, in dem einer wohnte. Weiter vorn wurde die Straße noch enger. Äste schlugen gegen die Scheiben, ab und zu hörte man einen Hund bellen. Weil die Straße ganz schön holprig war, wurde mir auch noch schlecht. Nach fünf Minuten Geruckel hielt das Auto vor uns an einer Trockenmauer. Lo Masto stieg aus.

»Hier ist es«, sagte er, »ich schau mal nach.«

Zusammen mit Cardillo ging er rein. Ich reckte mich, um besser über die Mauer sehen zu können. Ein ziemlich großer Vorplatz mit Brunnen, dahinter ein Haus, wohl verlassen. Im unteren Stockwerk eine Art Lagerraum, wo vielleicht mal Tiere gehalten wurden. Nach oben kam man über eine Außentreppe. Die Eingangstür war verrottet. Dann ein Fenster ohne Glas und ein runtergelassener Rollladen, der noch hielt und auf einen Balkon führte. Lo Masto kam zurück.

»Noch nicht da«, sagte er.

»Dann versteckt die Autos«, ordnete der Commissario an.

Cipriani, Scarano und ich machten uns auf die Suche nach einem geeigneten Ort. Hundert Meter weiter fanden wir eine Bauruine, nur das Fundament, die Säulen und der Giebel standen. Bei genauerem Hinsehen gab es eine Menge solcher Häuser ringsum. Klar, die waren illegal, und vielleicht hatten sie jetzt, wo ein Politiker nach dem anderen verhaftet wurde, die Bauarbeiten unterbrochen, um abzuwarten, woher der Wind wehte. Die Autos stellten wir an einen Hang hinter den Säulen, damit man sie von der Straße aus nicht sah.

Als wir zurückkamen, hatte sich Lo Masto schon

links vom Haus postiert. Cardillo war in den ersten Stock hoch und versteckte sich dort irgendwo.

»Scarà, Cipriani und du, ihr geht hinter den Laster«, sagte der Commissario und zeigte auf ein kaputtes Betonmischfahrzeug rechts vom Haus.

»Und ich?«, fragte ich.

»Du bleibst bei mir.«

Und er suchte uns einen Platz ein bisschen weiter weg, zwischen der Mauer und dem Feigenbaum, von wo aus man Straße und Haus sehen konnte. Obwohl wir unter dem Baum im Schatten waren, war es heiß, und wir schwitzten. Schon kurz darauf zog der Commissario die Whiskyflasche aus der Tasche und trank einen Schluck. Ich war wieder skeptisch, ob das wirklich Tee war. Ich beugte den Kopf zu ihm rüber, um zu schnuppern, aber er – keine Ahnung, ob extra oder zufällig – zog die Flasche weg. Ich tat so, als wäre nichts, und setzte mich grade hin, schielte aber zu ihm, um rauszufinden, ob er was gemerkt hatte. Ich sah ihn grinsen.

»Du glaubst mir nicht, was?«

Ich antwortete nicht und schaute weg.

»Los, probier mal!« Er stellte die Flasche auf den Stein vor mir.

Ich guckte erst die Flasche an und dann ihn.

»Nein, Commissario, ich glaub Ihnen.«

»Du glaubst mir nicht, probier schon!«, wiederholte er.

Ich rührte mich nicht.

»Acanfora, das ist ein Befehl. Los!«

Ich griff nach der Flasche und sah, dass das Etikett schon ziemlich abgewetzt war. Dann nahm ich einen Schluck. Es war wirklich Tee.

»Und?«, fragte er.

»Ist ja warm!«, antwortete ich. »Igitt, was für eine Brühe!«

Wir lachten.

»Commissario, Sie haben mir was versprochen.«

Er schaute mich fragend an.

»Die Sache mit dem Tee in der Whiskyflasche.«

»Ach so.« Er seufzte. »Das lassen wir besser.«

Ich drängte nicht weiter.

Ringsum hörten wir die Zikaden. In den Zweigen sah man ein Spinnennetz leuchten, das die Sonne von oben beschien. Darüber die Kondensstreifen eines Flugzeugs am Himmel. Der Commissario musste mal ziemlich heftig gesoffen haben und wollte bestimmt deshalb nicht drüber reden. Vielleicht war er wirklich ein richtiger Säufer gewesen, wie ein paar Kollegen behaupteten, die ihn schon länger kannten. Irgendwann musste dann doch der Überlebenswille stärker gewesen sein, und weil er einen Arsch in der Hose hat, hat er es geschafft, aufzuhören. Die Whiskyflasche hob er vielleicht zur Erinnerung auf.

Ich starrte ihn eine Weile an, ohne dass er es merkte. Wenn du ihn so siehst, wirkt er stark, entschieden, auch kalt, wenn nötig, einer, der dir nicht zeigt, was er denkt. War er wirklich mal wie ein Penner abends nach Hause getorkelt und hatte sich vollgekotzt? Da musste es was geben, das ich nicht wusste.

»Entschuldigen Sie, Commissario, ich würde natürlich nie ... das ist Ihre Sache ...«

»Du denkst zu viel nach, Acanfora«, sagte er mit einem spöttischen Lächeln, aber freundlich, gar nicht böse. »Na, schieß los«, sagte er.

»Also, bei allem Respekt, irgendwann mal haben Sie öfters zu tief ins Glas geschaut, das hab ich begriffen.«

Er nickte schweigend.

»Was ich aber fragen wollte ...«

Ich wollte nicht zu weit gehen und hörte lieber auf. Irgendwo bellte ein Hund.

»Was willst du wissen?«, fragte er, immer noch mit diesem Lächeln.

»Na ja, Commissario, hat es einen Grund gegeben, dass Sie getrunken haben?«

Das Lächeln verschwand, er wurde ernst, rupfte einen Grashalm aus und zerriss ihn. Du hast gesehen, dass ihm tausend Gedanken durch den Kopf schossen. Irgendwann dachte ich, dass er antworten würde, keine Ahnung, aber dann lenkte ihn was ab, was hinter mir passierte.

»Da ist er«, sagte er leise.

Ich drehte mich um und sah ein Moped näher kommen. Das Moped fuhr in einer Staubwolke und hüpfte über Steine und Schlaglöcher wie ein Schiff auf den Wellen. Es kam immer näher, bis zu dem Platz vor uns.

Das war er.

Der Pianist schaute sich um. Dann stieg er vom

Mofa, machte es aus und lehnte es gegen den Brunnen. Er nahm eine Plastiktüte vom Lenker, wo vielleicht was zu essen drin war. Dann lief er ruhig zum Haus, stieg die Treppe hoch, schaute sich nochmal um und ging rein.

Der Commissario beugte sich über die Mauer, hob Zeige- und Mittelfinger und bewegte sie dreimal in Richtung Lo Masto, der schnell und geräuschlos hinter dem Haus hervorsprang und zur Treppe lief. Bevor er hochging, gab er Scarano und Cipriani hinter dem Laster ein Zeichen. Sie liefen los. Lo Masto zog seine Pistole, sagte was zu den anderen und rannte die Treppe hoch, Scarano und Cipriani hinterher. Einen Moment später sind sie rein.

Über den Feldern hörte man die Zikaden. Sonst nichts.

Dreißig Sekunden vergingen.

Aus dem Haus kam Lärm. Erst wie splitterndes Holz, dann wie Glas, das zerbricht. Irgendwer schrie. Sofort danach hörte ich Lo Masto brüllen: »Keine Bewegung oder ich schieße.«

Kaum hatte er das gerufen, ging ruckartig der Rollladen hoch, und der Pianist tauchte auf dem Balkon auf. Ich sah, wie Cardillo sich auf ihn warf, aber er wich aus, rammte ihm das Knie in den Magen und schlug ihm mit der Faust ins Gesicht. Cardillo ging sofort zu Boden. Der Pianist setzte über das Geländer und sprang runter auf den Vorplatz. Das waren mindestens vier Meter, die er mühelos nahm. Inzwischen war Lo Masto mit der Pistole in der Hand auf dem Balkon.

»Halt! Halt oder ich schieße!«, schrie er.

Aber der Pianist rannte schon weg.

Lo Masto schoss zweimal in die Luft.

Der Pianist beachtete ihn gar nicht, er sprang über die Mauer und war schon auf der Straße. Lo Masto boxte gegen den Rollladen und lief wieder rein.

Einen Moment lang passierte nichts.

Ich lief um den Feigenbaum rum und rannte dem Pianisten nach.

Er war schnell, aber ich ließ nicht locker. Er hatte Sarah umgebracht und durfte nicht nochmal abhauen. Auch wenn ich nicht sehr trainiert war, hätten sie mich erschießen müssen, um mich zu stoppen.

Er drehte sich um, und als er sah, dass ich hinter ihm her war, hob er zwei, drei Steine auf und schmiss sie nach mir, denen konnte ich aber ausweichen und sogar einige Meter gewinnen. Dann versuchte er, von der Straße weg in die Felder zu laufen, aber ich kam immer näher.

So ging es die nächsten zweihundert Meter.

Als ich fast dachte, ich hätte ihn, und ich mit der Hand beinahe seine Schulter berühren konnte, spürte ich, dass meine Lungen keine Luft mehr pumpten. Gleich war Schluss, das war klar. Wenn mir jetzt nichts einfiel, war er wieder weg. Deshalb warf ich mich mit letzter Kraft nach vorn wie beim Rugby.

Ich bekam ihn am Oberschenkel zu packen und griff zu. So rollten wir ein paar Meter weiter.

Um sich zu befreien, trommelte er mir mit den Fäusten auf den Kopf, aber ich hielt ihn fest. Dann trat er um sich, und ich musste den Griff lockern. Als er sich aufrappeln wollte, drückte ich ihn nochmal zu Boden und warf mich auf ihn. Ich riss die Pistole raus und richtete sie auf ihn.

»Stillhalten, Arschloch!«

Als er die Pistole sah, bekam er Schiss.

»Was wollt Ihr eigentlich von mir? Was hab ich getan?«, schrie er.

Der traute sich wirklich noch zu fragen, das Schwein, und zu protestieren. Wut stieg in mir hoch, und ich haute ihm den Pistolenkolben gegen die Stirn. Als ich die Hand zum nächsten Schlag hob, hörte ich die Stimmen von Lo Masto und Scarano.

Einen Moment später hatten sie ihn unter mir weggezogen.

12.

Genny, der Pianist, saß mit trotzigem Gesicht vor dem Commissario. Die Wunde von meiner Pistole blutete nicht mehr, das Blut war getrocknet. Lo Masto schlich um ihn rum und wartete auf den Moment, ihn sich richtig vorzuknöpfen. Ich stand weiter hinten an die Wand gelehnt.

Nachdem sie ihn unter mir weggezogen hatten, war er etwas benommen gewesen, fing dann aber sofort an, er hätte nichts getan und was wir überhaupt von ihm wollten. Da keiner antwortete, jammerte er los, die Wunde täte weh, ihm wäre schwindlig und er wolle ins Krankenhaus. Irgendwann merkte er wohl, dass er besser die Schnauze hielt und das Affentheater ließ.

Inzwischen war er wieder obenauf, machte einen auf dicke Hose und rutschte auf seinem Stuhl hin und her.

»Also«, sagte der Commissario, »raus mit der Sprache.«

»Bin ich hier im Beichtstuhl oder was?«

»Spar dir deine Witze, Esposito, oder ich ramm dir den Schädel ins Klo«, sagte der Commissario trocken.

»Commissario, ich hab nix gemacht.«

»Hör auf mit der Leier«, sagte Lo Masto. »Wenn du nichts gemacht hättest, hättest du dich doch nicht in diesem Haus da verkriechen müssen.«

»Ich wollte raus aufs Land, mich erholen, is das verboten?«

Lo Masto gab ihm eine Ohrfeige. Der ist nicht für die sanfte Tour. Er sagt immer, die kapieren es nur, wenn du ordentlich auf sie eindrischst.

»Worum geht's, verdammte Scheiße, sagt mir das doch wenigstens!«

»Das Mädchen. Die hast du umgebracht, oder? Warum?«, brüllte Lo Masto.

»Welches Mädchen? Kein blassen Schimmer.«

Nie wissen die was. Von klein auf lernen sie diese Masche auswendig.

»Sarah Lo Russo, deine Ex«, sagte der Commissario.

»Pack aus, Esposito, es ist besser für dich«, legte Lo Masto nach.

Der Pianist wirkte überrascht, er war zusammengezuckt, als hätte er einen Stromschlag bekommen.

»Wo warst du gestern Nachmittag um vier?«, fragte der Commissario.

»Sarah?«, fragte er.

Einen Augenblick sah er wirklich so aus, als wüsste er nichts.

»Nun komm schon, lass das Theater«, sagte Lo Masto und schüttelte ihn an der Schulter.

»Sie haben Sarah umgebracht?«, fragte er. Seine Augen glänzten feucht.

Der ist ein besserer Schauspieler als Scarano, dachte ich.

Lo Masto zerrte an seinen Haaren.

»Ich hab dir gesagt, lass die Faxen«, flüsterte er ihm ins Gesicht.

»Wie ham sie sie umgebracht?«

Lo Masto schaute den Commissario an, der nickte.

»Du willst wohl, dass wir die Geduld verlieren«, sagte Lo Masto mit einem hässlichen Grinsen. »Das tun wir grade wirklich.«

Er schlug seinen Kopf auf den Schreibtisch.

Dabei ging die Wunde an der Stirn wieder auf und blutete.

»Ich weiß nix von Sarah. Hab sie vor 'nem halben Jahr das letzte Mal gesehen.«

Lo Masto haute ihn mit dem Schädel nochmal auf den Schreibtisch.

»Erzähl keinen Scheiß, vor zwei Tagen hast du sie gesehen.«

»Nein, das stimmt nich.«

»Raus mit der Wahrheit, das ist besser. Sonst geht's dir so wie ihr.«

»Ich hab sie nich umgebracht! Ich hab sie nich umgebracht! Ich war's nicht«, schrie der Pianist beinahe.

Der pisste sich gleich in die Hosen.

Lo Masto schlug ein drittes Mal zu.

Inzwischen lief dem Pianisten Blut übers Gesicht und tropfte auf sein T-Shirt. Aber er gestand nichts.

»Ich hab sie nich umgebracht«, wiederholte er.

Er seufzte tief und sagte leise, den Blick zu Boden gerichtet: »Sarah war was Besonderes.«

Hass vernebelte mir das Gehirn.

»Sie war was Besonderes?«, sagte ich, ging zu ihm und hätte ihn am liebsten fertiggemacht.

Er nickte.

»Und weil sie so besonders war, hast du sie vermöbelt?«

»Was? Nie im Leben hab ich sie vermöbelt.«

»Ach ja? Sie hatte die Schnauze voll von dir, da bist du auf sie losgegangen.«

»Ich hab sie nich umgebracht.«

Ich wollte ihm in die Fresse treten für all die Scheiße, die er sich ausdachte. Aber in dem Moment starrte er uns an. Sein Blick war kalt.

»Bringt mir das Schwein, das sie umgebracht hat, den erledige ich«, sagte er knapp.

Dann senkte er den Kopf und zog zwei-, dreimal die Nase hoch.

Das verwirrte mich. Bis vor einer Sekunde hätte ich schwören können, dass er Sarah umgebracht hatte. Aber auf einmal war ich nicht mehr ganz sicher. Vielleicht war es nur Theater, aber ich hatte meine Zweifel.

Lo Masto hingegen glaubte ihm kein Wort.

»Wenn du nichts zu verbergen hattest, was sollte dann die Flucht heute früh?«

Esposito antwortete nicht.

Lo Masto zerrte an seinen Haaren, als wollte er ihm den Kopf abreißen.

»Wo warst du gestern um vier?«, fragte er.

Nichts. Er antwortete nicht.

Lo Masto schaute wieder den Commissario an. Der dachte einen Augenblick lang nach, dann schüttelte er den Kopf.

»Führ ihn erst mal ab.«

Lo Masto war ganz offensichtlich anderer Meinung, widersprach aber nicht. Er zerrte Esposito am Arm hoch wie einen Sack und schob ihn mit aller Kraft in Richtung Tür. Als er schon halb draußen war, drehte sich der Pianist um. Sein Gesicht war blutverschmiert, er funkelte uns an, dass du Angst kriegen konntest.

»Wenn ihr den schnappt, der sie umgebracht hat, bringt ihn mir zwei Minuten. Nur zwei Minuten.«

»Geh schon, du Clown«, sagte Lo Masto und schob ihn aus dem Raum.

Der Commissario und ich blieben allein zurück. Er gedankenverloren hinter dem Schreibtisch. Ich an den Stuhl gelehnt, auf dem der Pianist gesessen hatte.

Nach kurzem Schweigen sagte ich: »Der ist mir ganz schön zuwider, Commissario, aber ehrlich, ich glaub, der hat mit der Sache nix zu tun.«

»Und weshalb hat er dann behauptet, er hätte Sarah seit sechs Monaten nicht gesehen?«

»Vielleicht stimmt das ja. Der Lehrer war nicht sicher, als er das Foto gesehen hat. Vielleicht hat Sarah am Tag zuvor einen anderen Typen getroffen.«

»Und wieso ist er dann heute Morgen abgehauen, als er uns gesehen hat? Wieso hat er sich in dem verlassenen Haus versteckt?«

»Der hatte Angst, für Sarahs Mörder gehalten zu werden.«

»Wieso, wenn er sie seit sechs Monaten nicht mehr gesehen hat?«

»Stimmt.«

»Und wo er gestern um vier war, hat er uns auch nicht erklärt.«

Auch das stimmte.

Der Commissario schaute auf seine Uhr.

»Mensch, ist schon spät.«

Er stand auf, nahm seine Jacke und ging in Richtung Tür.

»Wenn du nichts vorhast, lad ich dich auf ein Bier ein«, sagte er. »Das hast du dir verdient.«

Das Kompliment war mir peinlich, ich merkte, wie ich rot wurde.

»Ach was«, sagte ich. Aber ich freute mich und ging hinter ihm her, ohne mir das Grinsen zu verkneifen, das sich auf meinem Gesicht ausbreitete.

13.

Der Commissario holte ein Bier für mich und für sich ein Chinotto und einen Panino, er hatte Hunger. Ich hab gesagt, dass ich zuhause esse und mir nicht den Appetit verderben will. Wir gingen über die Straße und setzten uns auf ein Mäuerchen in der Nähe vom Castel dell'Ovo.

In einer halben Stunde ging die Sonne hinter Posillipo unter. Von den Felsen machten fünf, sechs Jungen in Unterhosen Köpper ins Wasser. Ein Tanker, dreimal so groß wie die Caremar-Fähre, hatte draußen vor dem Hafen Anker geworfen. Auf der anderen Seite, fast an der Spitze der Mole, angelte einer, mit Strohhut auf dem Kopf und Angelrute in der Hand.

Der Commissario lobte nochmal, wie ich mir den Pianisten geschnappt hatte. Aber er meinte auch, dass wir Soldaten sind und Befehle abwarten müssen, bevor wir loslegen.

Ich hab geantwortet, dass er Recht hat und dass ich beim nächsten Mal vorsichtiger bin. Er sagte noch, dass ich viel zu unüberlegt gehandelt hätte und dass man in diesem Job ganz schnell endet wie ein Aal zu Weihnachten: zerhackt und gebraten.

»Stell dir mal vor, der hätte ein Messer gezückt. Da wär's jetzt schon aus und vorbei.«

»Stimmt, aber das gehört doch zum Job, oder?«

»Na klar, sicher.«

Aber er war irgendwie verlegen, vielleicht hatte er

sich Sorgen gemacht und wollte nicht, dass ich das merke.

Dann ging es wieder um den Pianisten. Ich hab nochmal gesagt, dass der mir ehrlich vorkam und ich nicht mehr so sicher war, dass er's wirklich war. Der Commissario sagte, dass nur Fakten zählen, keine Gefühle. Aber ich hab gemerkt, dass er auch nicht mehr ganz sicher war. Ich fragte, ob er eine Idee hatte und was er vorhatte.

»Erst mal versuchen wir rauszufinden, ob der Typ, mit dem Sarah vor zwei Tagen geredet hat, wirklich Genny Esposito gewesen ist. Dann will ich wissen, wen Sarah in den letzten Tagen getroffen hat. Vielleicht hat sie sich einer Freundin anvertraut, das könnte helfen. Ich hab diesen Cimmino anrufen lassen, den Ingenieur, der im Erdgeschoss wohnt: Der kommt morgen. Und morgen haben wir auch den Bericht der Spurensicherung, dann wissen wir, ob Capuozzo was rausgefunden hat, was uns hilft.«

»Außer dem Anwalt Santoro hat keiner was gehört?«

»Keiner. Schon merkwürdig, dass ausgerechnet einer, der halb taub ist, was gehört hat und die anderen nicht.«

»Und in den Häusern ringsum?«

»Ich habe Cipriani gesagt, dass er versuchen soll, wenigstens die Pförtner der Nachbarhäuser zu verhören. Hoffen wir mal, dass was dabei rauskommt.«

Der Commissario biss in seinen Panino, und eine Möwe ließ sich auf dem Mäuerchen neben uns nieder.

Sie hüpfte zweimal hoch, dann flog sie weg. Der Commissario schaute ihr übers Meer nach und schwieg, wie verzaubert. Ich schaute auch aufs Wasser, und Minuten vergingen, ohne dass er was sagte. Deshalb fragte ich nur so, um was zu sagen, an was er dachte. Er trank einen Schluck Chinotto, als hätte er mich nicht gehört, und biss nochmal in seinen Panino. Zwei Verliebte gingen eng umschlungen an uns vorbei. Ab und zu blieben sie stehen, fummelten aneinander rum und gingen dann weiter.

Als das Pärchen schon ziemlich weit weg war, antwortete der Commissario.

»Diese Geschichte mit Sarah erinnert mich an eine andere Geschichte.«

»Was für eine Geschichte?«

Er steckte sich den Rest von dem Panino in die Tasche, sprang von der Mauer, machte ein paar Schritte und drehte sich dann wieder zum Meer um.

»Die Geschichte von einem Freund, auch ein Polizist. Damals wird er so alt gewesen sein wie du.«

Er machte eine Pause und drehte die Flasche in den Händen hin und her.

»Er saß mit seiner Frau im Auto. Sie hieß Lucia, eine hübsche Blonde. Sie waren erst seit Kurzem verheiratet.«

Er unterbrach sich und hustete. Dann trank er noch einen Schluck Chinotto.

»Es war an einem Abend im Frühling. Auf der Straße war viel los, er fuhr vorsichtig. Die Vorsicht hatte aber nichts mit dem Verkehr zu tun, sondern damit, dass sie gerade erfahren hatte, dass sie schwanger war. Beide waren ganz aufgeregt, am nächsten Wochenende wollten sie nach Amalfi fahren und feiern. Sie hat gesagt, dass sie in Amalfi eine Riesenportion gebratene Tintenfische essen wollte, am Meer. Dann hat sie gelacht. Sie hatte eine ganz besondere Art zu lachen, ansteckend. Der Polizist hat auch gelacht. Während sie so über Tintenfische geredet haben, bekamen sie Hunger und haben sich eine Pizzeria gesucht.«

Der Commissario sagte nichts mehr, und ich hab schon gedacht, die Geschichte wäre zu Ende. Ich hab nicht kapiert, was das mit Sarah zu tun hatte, und wollte grade nachfragen, als der Commissario weiterredete.

»In der Pizzeria waren nur ein paar Leute. Der Polizist und seine Frau wollten aber einen Tisch etwas abseits, um zu reden und allein zu sein. Sie bestellten Pizza und eine große Flasche Bier, prosteten sich zu. Die Margherita ist so außergewöhnlich wie du, hat er gesagt. Sie hat gelacht, und genau da kamen zwei bewaffnete Männer rein, nicht vermummt. Was heißt Männer, die waren vielleicht fünfzehn, sechzehn, nicht älter. Sie haben gebrüllt, keine Bewegung, und zum Besitzer, Geld her. Der Polizist hat überlegt, ob er eingreifen sollte. Einerseits dachte er, dass das seine Pflicht wäre. Andererseits hatte er Angst, das Leben seiner Frau zu gefährden. Er war unsicher und wusste nicht, was er machen sollte. Während er hin- und herüberlegte, hat er instinktiv die Hand auf die

Pistole gelegt. Er dachte noch einen Moment nach, dann entschied er, dass es das nicht wert war. Einer der beiden hatte aber die verdächtige Bewegung bemerkt und in dem Glauben, der Polizist würde die Pistole ziehen, dreimal auf ihn geschossen. Sofort danach hauten die beiden Typen ab. Als der Polizist merkte, dass er unverletzt war, dachte er, das wäre sein Glückstag. Dann drehte er sich zu seiner Frau um, wollte sie beruhigen und sah das Blut in ihrem Gesicht. Sie wollte noch was sagen, aber das Blut lief ihr in den Hals, und sie konnte nicht mehr sprechen. Sie lächelte nur noch. Dann fiel ihr Kopf auf den Tisch.«

Der Commissario schwieg und trank den Rest Chinotto. Die Hand, in der ich die Bierflasche hielt, war schweißnass, und mein Herz hämmerte bis zum Hals. Ich kriegte keine Luft mehr, konnte mich kaum bewegen. Tausend Dinge schossen mir durch den Kopf, total durcheinander. Das war eine Geschichte, die einem durch und durch ging. Außerdem war klar, dass es keinen Freund gab. Ihm selbst war das passiert, vor zwanzig Jahren oder noch mehr. Und das hatte schlimme Spuren hinterlassen. Dafür musste man kein Hellseher sein.

Ich wollte was sagen, fand aber nicht die richtigen Worte.

»Und dann?«

Wenigstens redete er weiter.

Er zuckte ein wenig mit der Schulter.

»Dann ... dann hatte der Polizist keine Ruhe mehr.

Er fühlte sich schuldig, sagte sich immer wieder, dass das nicht passiert wäre, wenn er anders gehandelt hätte. Egal, das Einzige, was er noch tun konnte, das Einzige, was noch irgendeinen Sinn hatte, war, den zu finden, der geschossen hatte.«

»Und hat er ihn gefunden?«

»Ja, hat er ...«

Er seufzte.

»War ein guter Polizist.«

Irgendwo ging bei einem Auto der Alarm los. Nach einer Weile hörte er auf.

»Tut mir leid, Commissario.«

Ich sah, dass er verlegen war und mich nicht anguckte.

»Für Ihren Freund, den Polizisten«, fügte ich hinzu.

Er lächelte traurig. Dann nahm er den Rest von dem Panino aus der Tasche und warf ihn ins Wasser. Ohne Wut, so als wollte er sich von einem Gewicht befreien. Das Brot schwamm ein wenig auf dem Wasser, dann kamen die Fische und zogen es runter.

»Weißt du«, sagte er, »wir können den Täter schnappen. Wir können gute Polizisten sein. Aber deshalb kommt Sarah nicht zurück.«

»Ja und, Commissario? Sollen wir so tun, als wär nichts? Da können wir uns gleich einen anderen Job suchen.«

»Du hast recht, Acanfora«, sagte er. »Vielleicht ist es so, wie du sagst.«

Aber er glaubte nicht daran, das war klar.

Schließlich verabschiedete er sich und ging mit den Händen in den Hosentaschen davon.

Ich blieb am Meer sitzen, um mein Bier auszutrinken, und wartete, bis die Sonne hinter Posillipo untergegangen war. Dann fuhr ich mit der Straßenbahn zum Bahnhof, um die Vesuviana nach Torre del Greco zu nehmen.

14.

Gegen zehn war ich in Torre del Greco. Bevor ich nach Hause ging, drehte ich noch eine Runde durch den Park. Was heißt Park, das klingt wer weiß wonach, dabei ist es eigentlich nur ein Grundstück mit drei vertrockneten Feigenkakteen und einem Baum in der Mitte, der kaum Schatten wirft. Ein paar kaputte Bänke, ein hellblau angestrichener Kiosk, an dem Dosen und irgendwelcher Fraß verkauft werden, dazu die üblichen räudigen Hunde. Mit etwas Phantasie setzt du dich auf so eine Bank, rauchst eine und bildest dir ein, du bist in einem vernünftigen Dorf. Manchmal triffst du hier Freunde und quatschst ein bisschen. Oder baggerst eine Tussi an, die vielleicht drauf anspringt.

Aber wenn du wirklich glauben willst, dass das hier ein vernünftiges Dorf ist, darfst du dir ein paar Dinge nicht so genau anschauen. Die Junkies nicht, zum Beispiel, die auf den Bänken ihre Drogen nehmen.

Und ich meine nicht die, die einen Joint rauchen, das hab ich auch ein paar Mal gemacht. Mit Ciro, meinem Kumpel von früher. Jedes Mal wenn wir geraucht haben, fing er mit der Geschichte an, dass er sich ein Fischerboot kaufen will, eins von den großen mit Schleppnetz. Und ich sollte Schiffsjunge bei ihm werden. Wenn ich kiffte, war mein einziges Problem, die paar Lire zu finden, um mir einen Calzone oder eine Pizza zu kaufen.

Junkies, die sich auf den Bänken ihre Spritzen setzen, sind was anderes. Früher kamen die erst, wenn es dunkel war, da hast du sie wenigstens nicht gesehen. Dann kamen sie immer früher, spritzten sich zwischen Ball spielenden Kindern, Müttern mit Kinderwagen und Alten, die an die frische Luft wollten. Und wenn du weiter dran glauben willst, in einem vernünftigen Dorf zu leben, darfst du dir auch nicht die Typen anschauen, die hinter dem Kiosk dealen. Die verkaufen da einen Schuss nach dem anderen, und manchmal kapierst du nicht mal, wo die Schlange aufhört. Und auch in die Ecke des Parks hinter die Feigenkakteen darfst du nicht gucken, dort sind die Junkie-Weiber, die kein Geld haben, sich Stoff zu besorgen. Mich darfst du auch nicht anschauen, ich bin Polizist und tu so, als wär nichts, weil das alle so machen.

Wenn du da überall wegschaust, kannst du das hier für ein vernünftiges Dorf halten.

Aber seit ich bei der Polizei bin, komme ich lieber nicht mehr in den Park, weil ich sonst früher oder später einen aus dem Dorf verhaften muss, und dann ist es aus.

Weil es die Woche von Ferragosto war, war es ruhig, keiner da. Nur zwei Jungs kasperten auf ihren Mopeds rum, und eine Alte fütterte die Hunde.

Ich wollte mir was zu trinken holen, aber der Kiosk hatte zu. Also suchte ich mir eine saubere Bank, um in Ruhe eine zu rauchen. Ich wollte wenigstens kurz mal alles vergessen. Sarah, den Anwalt, den Pianisten, den Commissario und Ciro, der auf die schiefe

Bahn geraten ist. Wollte an was Schönes denken. Zum Beispiel an Cherry, die ich mal auf eine Pizza oder einen Teller Muscheln einladen wollte.

Während ich so rauchte, dachte ich, alles okay. Dann, keine Ahnung, warum, kamen die schlimmen Gedanken wieder. Mir wurde ganz flau im Magen, also habe ich den Park Park sein lassen und bin nach Hause.

Mamma bügelte, der Fernseher lief. Der Tisch war gedeckt, und auf dem Herd stand eine Tiegel mit Deckel drauf.

»Hallo Mamma.«

»Ist alles in Ordnung?«

»Alles in Ordnung, klar.«

Die Runde durch den Park hatte mich hungrig gemacht, deshalb ging ich zum Herd, um in den Tiegel zu schauen.

Sofort sprang sie auf.

»Ich kümmer mich drum, setz dich.«

Offensichtlich ist sie beleidigt, wenn ich was selber mache.

»Heute hab ich Pasta al forno mit Fleischklößen für dich, das magst du doch.«

»Müssen wir bei der Hitze auch noch den Ofen anstellen?«

»Zwei Minuten nur, dass die Mozzarella schmilzt.«

Sie machte den Ofen an und schob die Auflaufform rein. Dann hat sie weitergebügelt und dabei ferngesehen.

»Wenn es dich stört, mach ich aus.«

»Nein, gar nicht.«

Das bisschen Ablenkung wollte ich ihr nicht nehmen.

Während die Pasta warm wurde, guckte ich auch. Sieben, acht Leute auf einer Bühne, die über Liebe redeten. Ein Zwerg mit Riesenwampe stellte Fragen, die anderen antworteten. Das Publikum klatschte immer sofort los.

Mein Großvater fand Fernsehen zum Kotzen. Er hatte sich ganz am Anfang aus Neugier einen gekauft. Aber dann brachte er ihn in den Keller, und dort blieb er bis zu seinem Tod. Er sagte, das Ding wäre schlimmer als jede Droge. Was immer sie da verzapfen, schluckst du ohne Widerstand. Jedes Mal denkst du, du hast wer weiß was gelernt. Stattdessen zersetzt es dir das Gehirn, und du merkst es noch nicht mal. Sicher hat mein Großvater übertrieben, aber wie auch immer, ich gucke kaum, Radio mag ich lieber. Nur Cartoons schaue ich mir manchmal an. Karl der Kojote ist super. Er und dieser andere, Road Runner, der es jedes Mal irgendwie schafft, abzuhauen. Der Kojote ist nicht blöd, er denkt sich Sachen aus, die eigentlich nur ein Ingenieur kann. Außerdem gefällt mir, dass er immer weitermacht und nie aufgibt. Aber keine Chance, den Road Runner kriegt er nie. Nur einmal hat er's geschafft, hat ihn gekriegt und zum Kochen in einen Topf gestopft. Er hatte schon den Tisch gedeckt und sich die Serviette um den Hals gebunden. Aber dann kamen Road Runners

Frau und Sohn und weinten und bettelten. Das hat den Kojoten gerührt, und er hat Road Runner freigelassen. So eine Gelegenheit kriegt der nie wieder!

Inzwischen hörte ich das Öl im Tiegel brutzeln, der Geruch aus der Küche wurde immer intensiver.

»Ich glaub, es ist heiß genug«, sagte ich.

Mamma nahm die Form aus dem Ofen, stellte sie auf den Tisch und lud mir den Teller voll.

»Riech nur, dieser Duft!«, sagte ich.

Ich kostete, es schmeckte wirklich unglaublich.

»Schmeckt's?«, fragte sie.

»Der Hammer, Mamma.«

»Weiß ich doch, dass du das magst.«

Sie ließ mich keinen Augenblick aus den Augen, während ich aß.

»Mamma, musst du mich unbedingt die ganze Zeit anstarren?«

»Du siehst ein bisschen blass um die Nase aus. Geht's dir gut?«

»Mir geht's gut, keine Sorge.«

»Vielleicht die Verdauung, du isst nicht ordentlich.«

»Ach Quatsch, mir geht's gut.«

Sie hielt noch zwei Sekunden durch.

»Jedenfalls, Michele, du weißt schon, der Sohn von Titina?«

»Mamma! Bitte!«

Sie bügelte weiter. Ganz offensichtlich schaffte sie es kaum, den Mund zu halten, aber sie zwang sich, um mich nicht zu nerven.

Im Fernsehen fragte der mit der Wampe, ob es stimmt, dass man seine erste Liebe nie vergisst. Eine um die vierzig im Mini und mit immer noch festen Titten antwortete, dass sie ihre erste Liebe noch nicht gefunden hatte, und das Publikum lachte.

»Hast du von dem Mädchen gehört, das sie in Posillipo ermordet haben?«, fragte Mamma aus heiterem Himmel.

Ich fühlte mich wie vom Laster überrollt, antwortete nicht und aß weiter, in der Hoffnung, dass sie den Mund hielt oder das Thema wechselte.

»Die Arme, so jung. Weißt du, dass sie so alt war wie du?«

Na endlich, sie hatte es geschafft, das bisschen Appetit, das ich hatte, war mir vergangen. Ich ließ die Gabel auf den Teller fallen und stand auf.

»Was ist denn? Keinen Hunger mehr?«

»Sodbrennen, ich geh schlafen.«

Ich ging über den Flur in mein Zimmer, nervös bis zum Anschlag. Während ich die Tür zumachte, hörte ich Mamma aus der Küche:

»Die Verdauung. Sag ich doch, dass du blass aussiehst. Hab ich's gesagt oder nicht?«

Die Verdauung, das Fernsehen, der Sohn von Titina! Immer dieselbe Leier.

Ich warf mich aufs Bett.

Als ich mich abgeregt hatte, hab ich gedacht, ich sollte Mamma nicht so ernst nehmen. Sie ist alt, worüber soll sie reden? Sie hat Pasta al forno für mich gemacht, und ich springe so mit ihr um. Was ist bloß los mit mir? Mamma war wie immer, aber plötzlich ging sie mir auf die Nerven. Lag das an der Hitze? An der Sache mit Sarah? An mir?

Ich war komplett verwirrt. Als hätte jemand meine Sachen durcheinandergebracht, und jetzt fand ich nichts mehr.

Während ich über all das nachdachte, war es drei Uhr geworden.

Ich drehte mich um und versuchte, wenigstens die paar Stunden zu schlafen, die noch blieben.

15.

Am nächsten Morgen kam es mir noch heißer vor. Ich wollte unter die Dusche, aber das Wasser tröpfelte nur. Ich steckte den Stöpsel ins Waschbecken und wartete, bis wenigstens der untere Teil voll war, um mir das Gesicht zu waschen und mich zu rasieren.

In der Küche standen Milchkaffee und Kekse frisch aus dem Ofen auf dem Tisch. Wer weiß, wie früh Mamma aufgestanden war, um sie zu backen.

»Mamma, warum?«

»Sei still, ich seh grade Nachrichten.«

Ich nahm einen Keks und tunkte ihn in den Milchkaffee. Er schmeckte genau wie die aus der Pasticceria Carraturo. Das sagte ich ihr, aber sie hörte nicht zu, war voll auf den Fernseher konzentriert.

In den Nachrichten sagten sie grade, dass es bei der Hitze besser war, wenn alte Menschen und Kinder um die Mittagszeit nicht aus dem Haus gingen.

»Heutzutage versteht man einfach nichts mehr«, sagte Mamma. »Die Welt ist verrückt geworden. Auch das Wetter ist nicht mehr das, was es mal war.«

Ich ließ sie reden, irgendwie hatte sie ja Recht. Es war fast wie im Science-Fiction, wo die Leute sich in ihren Häusern einschließen, weil draußen Aliens von einem anderen Planeten rumlaufen.

Sie zeigten einen, der in Rom in einen Brunnen sprang, und zwei Frauen, die sich Wasser über den Kopf gossen und lachten.

Nach der Hitze war der Mord aus der Via del Parco Mastriani dran. Um besser zu verstehen, was sie sagten, stellte ich lauter.

»Wahrscheinlich sind die Ermittlungen im Mord an der jungen Sarah Lo Russo vor zwei Tagen in Posillipo, einem vornehmen Stadtviertel von Neapel, einen Schritt weiter. Die Polizei hat Genny Esposito verhaftet, einen Exfreund des Opfers, vorbestraft und mutmaßlicher Täter. In einer Sondersendung nach den Nachrichten wird der Chefredakteur des *Mattino* zu Gast im Studio sein, um die wachsende Kriminalität in Neapel zu analysieren.«

»Stimmt«, sagte Mamma, »Neapel ist gefährlich geworden. Sogar zuhause muss man Angst haben.«

Ich antwortete nicht, dachte aber, dass der Commissario Recht hatte, dass es die Leute nur interessierte, weil das Verbrechen in einem reichen Viertel passiert war.

Cardillo hatte sich einen Ventilator von zuhause mitgebracht und ihn auf den Schreibtisch gestellt, damit sich die Luft wenigstens ein bisschen bewegte. Er hatte ein veilchenblaues Auge, wo ihn der Pianist getreten hatte, und beschwerte sich in einem fort, dass er nicht mal einen Tag krankmachen durfte.

»Cardì, mein Gott, nun lass mich endlich erzählen«, sagte Scarano.

»Licht aus, Vorhang auf«, verarschte der ihn.

»Also«, fing Scarano an, »heute früh gegen Viertel vor neun ruft der Polizeipräsident an. Aus dem Fernsehen hatte der mitgekriegt, dass Esposito verhaftet worden ist, und wollte den Commissario beglückwünschen.«

»Der jetzt Gott sei Dank in Urlaub verschwinden kann«, kam von Cardillo.

»Aber der Commissario hat ihm sofort einen Dämpfer verpasst«, fuhr Scarano fort.

»Was hat er denn gesagt?«, fragte Musella.

»Er hat gesagt, dass sie sich's in den Nachrichten zu leicht machen und der Fall noch nicht gelöst ist. Der Polizeipräsident ist nervös geworden und wollte wissen, wo das Problem liegt. Darauf der Commissario: Das Problem ist, keiner hier hat je behauptet, dass Esposito der Täter ist. Und wenn einer das denen vom Fernsehen gesagt hat, muss er auch erklären, dass er sich getäuscht hat, denn wenn ich bis heute Abend keine Beweise habe, lasse ich Ihren Täter laufen.«

»Und der Präsident?«, wollte Musella wissen.

»Erst mal wusste der nicht mehr, was er sagen sollte, und hat aufgelegt. Fünf Minuten später hat er nochmal angerufen und einen auf freundlich gemacht.«

»Hey, du tratschst schlimmer als 'ne Telefonistin«, rief Cardillo.

»Also, der macht einen auf freundlich«, redete Scarano weiter, »und sagt, dass es im Moment für alle besser wäre, und betont dabei ganz deutlich ›für alle‹, wenn dieser Genny Esposito drinbleibt.«

»Was glaubt ihr, was der Commissario macht?«, fragte Musella.

Cardillo wischte sich den Schweiß von der Stirn und setzte sich vor den Ventilator.

»Der lässt ihn drinnen«, sagte er. »Morgen fängt sein Urlaub an, da interessiert ihn Esposito n Scheißdreck.«

»In diesen Fällen steht in den Vorschriften ...«, fing Cipriani an.

»Scheiß auf die Vorschriften, Ciprià!«, unterbrach ihn Scarano. »Ich wette zehntausend Lire, dass er ihn bis morgen rauslässt.«

»Du kennst ihn nicht«, gab Cardillo zurück.

»Na los, zehntausend Lire«, Scarano ließ nicht locker.

Während Cardillo und Scarano wetteten, ging ich zum Commissario.

»Guten Tag, Commissario.«

»Komm rein, Acanfora, setz dich.«

»Im Fernsehen haben sie gesagt, dass wir den Schuldigen geschnappt haben«, sagte ich und setzte mich.

Er nickte.

»Und was sagt der Präsident?«, fragte ich.

»Was soll der groß sagen? Je eher der Fall abgeschlossen ist, umso besser.«

»Und was glauben Sie, Commissario?«

Er schwieg einen Augenblick.

»Wenn das Mädchen die Haustür geöffnet hat und runtergegangen ist, um mit ihm zu reden, heißt das, dass sie wusste, wem sie aufmacht.«

»Ja, aber muss das unbedingt der Pianist gewesen sein?«

»Das hab ich nicht gesagt.«

»Haben Sie irgendeine von Sarahs Freundinnen erreicht?«

»Drei, aber alle drei sagen, dass Sarah seit Monaten nicht mehr von Esposito gesprochen hat.«

»Sehen Sie? Und außerdem, sorry, Commissario, selbst wenn Sarah Esposito angerufen hat, nachdem sie sich mit ihrem Freund am Telefon gestritten hat – wie soll der so schnell da gewesen sein? Mit dem Hubschrauber, in zwei Minuten?«

»Vielleicht hat sich Sarah genau deshalb gestritten, weil sie eine Verabredung mit ihm hatte und nervös war.«

»Ich weiß nicht, ganz schön kompliziert.«

»Vielleicht. Aber egal, Cipriani hat die ganze Via del Parco Mastriani kontrolliert. Er hat auch mit dem Besitzer einer Villa geredet, ganz oben in der Straße, und der hat erzählt, dass letzte Woche ein Penner in seinen Garten einsteigen wollte und vom Hund gebissen worden ist.«

»Komisch, in der Gegend sind sonst keine Penner.«

»Das habe ich auch gedacht. Aber der Wächter vom Palazzo Donn'Anna hat ihn ebenfalls gesehen, dort wollte er nämlich auch rein. Vielleicht tut das nichts zur Sache, aber ich wollte Musella hinschicken, um mal nachzusehen.«

»Ist der Ingenieur inzwischen da gewesen?«

»Er hat angerufen und gesagt, dass es seinem Vater nicht gutgeht und er ihn nicht allein zuhause lassen kann. Wenn es ihm bessergeht, kommt er.«

»Und was machen wir jetzt, Commissario?«

»Jetzt hole ich meinen Cinquecento aus der Werkstatt.«

»Ich komm mit.«

»Nein. Du wartest hier auf mich«, sagte er ernst. »Und in der Zwischenzeit liest du alle Berichte, die auf meinem Schreibtisch liegen. Wenn ich wiederkomme, frage ich dich ab. Verstanden?«

Ich nickte bedröppelt.

Als er raus war, nahm ich mir die Blätter vor und fing an zu lesen. Aber ich konnte mich nicht konzentrieren. Ich wollte auf irgendwas kommen, damit er sagte: »Sehr gut, Acanfora, das ist eine gute Idee.« Total kindisch, weiß ich, aber so war es. Ich überlegte, mit wem ich gesprochen hatte, dachte an jede Bemerkung, an das, was ich gesehen hatte, aber da war nichts Auffälliges.

Dann fiel mir ein Detail wieder ein.

Erst mal wusste ich nicht recht, was es damit zu tun haben könnte, aber es ging mir nicht aus dem Kopf. Es war am Tag zuvor gewesen, als ich hingegangen war, um den Anwalt zu verhören. Er stand im Hauseingang neben der Katze. Irgendwann war diese Philippinin aufgetaucht, Frau Martinez, die für die Caputo arbeitet. Als sie mich sah, wurde sie nervös. Das heißt nichts, viele werden nervös, wenn sie eine Uniform sehen. Interessant war aber, dass die Philippinin ausgerechnet gegen vier nach Hause kam, also ungefähr um die Zeit, als das mit Sarah passiert war. Das konnte Zufall sein, aber wenn es ihre feste Zeit war, musste sie was gesehen haben und hatte uns nichts davon gesagt.

16.

Ich hockte im Cinquecento vom Commissario, den er mir geliehen hatte, futterte meinen Panino mit Mozzarella und Auberginen und ließ den Hauseingang der Via del Parco Mastriani nicht aus den Augen.

Die Sache mit der Philippinin hatte den Commissario nicht besonders beeindruckt. Aber ich merkte, dass ihm die Idee nicht ganz blöd vorkam und er mir nur nicht die Genugtuung geben wollte. Er rief nämlich gleich nach Cipriani, damit der die Arbeitszeiten der Martinez überprüfte.

Nicht mal eine Viertelstunde später wussten wir Bescheid. Die Philippinin arbeitete seit drei Jahren bei den Caputo. Außer donnerstags, da hatte sie ihren freien Tag, machte sie an den anderen Tagen eine Stunde Pause. Und wie ich mir gedacht hatte, war das zwischen drei und vier.

Jetzt war es eine Minute nach drei.

Ich biss nochmal in meinen Panino und sah, wie die Haustür aufging. Die Philippinin kam raus und ging in Richtung Via Posillipo. Ich legte den Panino auf den Sitz, stieg aus dem Cinquecento und folgte ihr. Sie lief trotz der Hitze schnell und schaute sich nicht um. Ich musste fast rennen, um sie einzuholen, und fing an zu schwitzen. Als ich zwei, drei Meter hinter ihr war, rief ich sie.

»Signora Martinez!«

Sie drehte sich um, sah die Uniform und wurde

sofort unruhig. Ich weiß nicht, ob es nur die Uniform war oder ob sie sich auch an mein Gesicht erinnerte und wusste, wer ich war.

»Was willst du? Ich haben nichts getan.«

»Signora, keine Sorge, ich wollte Ihnen nur ein paar Fragen stellen.«

»Ich nichts wissen.« Sie stellte sich stur.

»Das stimmt nicht, Signora. Sie haben was gesehen, was mit dem ermordeten Mädchen zu tun hat, und haben es der Polizei nicht gesagt. Dafür wandert man nach Poggioreale, das wissen Sie doch, oder?«

»Wo?«

»In den Knast!«

Ich machte extra auf hart, damit wir schneller zur Sache kamen.

»Ich nichts sehen, nichts wissen.«

Sie wollte verschwinden, als ob sie das nichts anginge.

Ich hielt sie am Arm fest.

»Halt.«

Sie blieb stehen und senkte den Kopf. Ich hatte den Eindruck, dass sie ein bisschen zitterte und Angst bekommen hatte.

»Zwei Möglichkeiten, Signora Martinez. Entweder reden Sie freiwillig, und Ihnen passiert nichts. Oder ich verhafte Sie, dann schauen wir mal, wie's weitergeht. Sie können sich das aussuchen.«

Sie brauchte einen Moment, bevor sie sich entschied, was besser für sie war, und guckte mich ein paar Mal an, um rauszufinden, ob sie mir trauen konnte. Dann schaute sie sich um, um sicherzugehen, dass sie niemand sah.

»Okay, aber hier nix können reden.«

»Und wo sollen wir hingehen?«

»Du die Straße da gehen bis zur Bahn. Dort Olio e Vino.«

»Was ist da?«

»Olio e Vino. Essen.«

»Vini e Oli, die Trattoria?«

»In zwanzig Minuten.«

»Gut, in zwanzig Minuten in der Trattoria. Aber wenn Sie nicht da sind ...«

Ich hob drohend den Finger.

»Ich kommen sicher«, sagte sie und rannte beinahe weg.

Zwanzig Minuten später ging ich in die Trattoria. Die Hitze war unerträglich, und es roch nach Gebratenem. An den Wänden waren feuchte Stellen und ein paar Fotos von Neapel aus der Zeit des ersten Meisterschaftstitels. Außer einem, der grade fertig war mit Essen und seinen Kaffee trank, war es leer. Die Philippinin hatte sich in die hinterste Ecke gesetzt, wo man für sich war. Der Besitzer war alt und saß rauchend vor dem Ventilator. Eine alte Frau räumte ohne Eile auf und blieb dauernd stehen, um sich das Gesicht an ihrem Kittel abzutrocknen.

»Küche ist zu«, sagte der Besitzer, als ich reinkam.

»Ich nehm nur 'nen Kaffee«, antwortete ich.

Dann setzte ich mich neben die Philippinin und

fragte sie, ob wir uns nicht draußen hinsetzen könnten, wo es nicht so heiß war, aber sie wollte nicht.

»Na gut, dann eben Sauna«, sagte ich. »Können Sie hier wenigstens sprechen?«

Die Philippinin gab mir ein Zeichen, leiser zu reden. Obwohl sich keiner um sie scherte, flüsterte sie, aus Angst, jemand könnte sie hören.

»Seit drei Jahren ich arbeiten bei Familie Caputo im Haus. Sind gute Leute. Er Architekt, sie haben Geschäft. Haben drei Kinder.«

»Das wissen wir schon, Signora. Sie sollen uns sagen, was sie über das tote Mädchen wissen, Sarah Lo Russo.«

»Ja, Mädchen tot, verstanden«, sagte sie.

Aber sie machte keine Anstalten zu reden.

»Signora Martinez, wollen wir hier bis morgen früh rumsitzen?«

Endlich war sie so weit.

»Ich bin nach Hause gekommen, war fünf vor vier.«

»Wissen Sie die Uhrzeit genau?«

»Genau. Ich gucken auf Uhr. Muss um vier da sein, wenn ich kommen später, Architekt mich bestrafen.«

»Er bestraft Sie, wenn Sie zu spät kommen?«

»Freier Tag weg.«

»Ach so. Reden Sie weiter.«

»Um fünf vor vier ich gehen in Haus. Sehen dieses Mädchen, liegt neben der Treppe.«

»Sie kannten das Mädchen, oder?«

»Nur grüßen, wenn ich sie sehen. Guten Tag, auf Wiedersehen. Nur grüßen.«

Der Besitzer kam mit dem Kaffee. Ich bezahlte und wartete, bis er weg war.

»Sie haben also Sarah auf dem Boden liegen sehen. Und dann?«

»Gesehen, aber nicht wissen, wer das war. Nicht sehen Gesicht. Ich denken, jemand mit Drogen.«

»Sie dachten, es wäre eine Drogenabhängige?«

»Ja.«

»Lebte sie noch?«

»Ich denken ja.«

»Warum denken Sie, dass sie noch gelebt hat? Hat sie sich bewegt? Hat sie geatmet?«

»Mädchen geweint.«

»Sie hat geweint?«

»Bestimmt. Sie weinen.«

»Und was haben Sie gemacht?«

»Ich hochgegangen.«

»Sie sind nicht zu ihr, um ihr zu helfen?«

»Nein, ich dachte, Drogen. Schnell hochgehen.«

»Aber Sie sind nicht mal einen Meter an ihr vorbei, Sie müssen sie erkannt haben.«

»Ich denken, Mädchen mit Drogen.«

»Schon klar, aber auch einen Junkie lässt man doch nicht einfach krepieren.«

Sie zuckte schweigend mit den Schultern.

»Na gut, egal. War sonst noch jemand im Hausflur?«

»Ich niemanden sehen.«

»Erinnern Sie sich, ob die Tür offen war oder zu, als Sie kamen?«

»Tür offen, ich lassen, wie war. Ich machen immer so, wenn offen, ich lassen offen, wenn zu, ich machen zu.«

»Und als Sie oben waren, was haben Sie den Caputo gesagt?«

Sie starrte mich an, als ob ich geflucht hätte, und schaute sich ängstlich um.

»Was du wollen?«, murmelte sie. »Ich sollen rausschmeißen?«

Jetzt verstand ich gar nichts mehr.

»Weshalb hätten die Sie rausschmeißen sollen, Signora?«

Sie schaute mich drohend an.

»Du siehst nichts, hörst nichts, verstehst nichts. So er mir sagen, als ich anfangen dort.«

»Wer er?«

»Der Architekt sagen so.«

Sie ahmte seinen Blick nochmal nach.

»Und wenn dir das nicht passt, gehst du zurück, wo du herkommst.«

Das schien mir übertrieben.

»Das hat der Architekt so gesagt, als er Sie eingestellt hat?«

Sie nickte. Dann schaute sie auf ihre Uhr.

»Ich wollen jetzt bitte gehen.«

Sie blieb sitzen und wartete auf meine Erlaubnis.

»Noch was, Signora.«

Sie runzelte ein wenig die Stirn.

»Bleibt die Familie Caputo zu Ferragosto in Neapel?«

»Nix verstehen.«

»Ich meine, die sind reich, er hat Geld, warum sind die im August nicht in Urlaub?«

»Diesen Sommer keinen Urlaub. Nicht gehen.«

»Warum denn? Ist jemand krank?«

»Architekt nix gehen aus Wohnung. Nicht können.«

»Und weshalb kann der nicht raus? Krank?«

»Ich nicht wissen.«

Das verstand ich zwar nicht, hatte aber den Eindruck, dass die Philippinin nicht mehr wusste.

»Gut, Signora, Sie können gehen.«

Sie stand auf, machte zwei Schritte, kam dann aber nochmal zurück. Sie drückte meine Hand.

»Bitte, nix sagen zu Caputo, dass ich mit Polizei reden.«

Sie hatte ganz raue Finger, so wie manche Hölzer vor dem Schleifen.

»Sie mich wegschicken, wenn sie wissen.«

Ich lächelte, um sie zu beruhigen.

»Keine Sorge.«

»Bitte.«

»Sie werden es nicht erfahren, keine Angst.«

Sie band sich ein hellblaues Tuch um den Kopf und verließ die Trattoria, so schnell sie konnte.

17.

»Wie geht's meinem Cinquecento?«, wollte der Commissario wissen, als ich reinkam.

»Den hab ich wie meinen Augapfel gehütet, Commissario. Steht vor der Tür.«

»Hör mal, Sarahs Mutter hat angerufen. Sie ist auf dem Weg hierher.«

»Was will sie denn?«

»Keine Ahnung, sie hat mit Scarano geredet. Was ist mit der Philippinin?«

Ich erzählte ihm von meinem Treffen mit der Signora Martinez und was sie mir gesagt hatte. Auch, dass die Caputo keinen Urlaub machten, was ich wirklich merkwürdig fand. Der Commissario auch, deshalb rief er Cipriani.

»Ciprià, du hast die doch verhört, weißt du, weshalb die Caputo zu Ferragosto hier in Neapel geblieben sind?«

»Nein, Signor Commissario. Ich habe mit der Signora Caputo gesprochen, und sie hat dazu nichts gesagt.«

»Na gut, dann schau mal, ob du was rausfindest.«

»Ja, Signor Commissario.«

Kaum war Cipriani raus, kam Scarano an.

»Signora Russo ist da.«

»Schick sie rein.«

Die Signora war ganz in Schwarz gekleidet. Sie hatte eine dunkle Sonnenbrille auf und gelbe Turnschuhe an, die so aussahen wie die von Sarah. Und ein Parfüm, das ein bisschen nach Vanille roch.

»Bitte schön, Signora, setzen Sie sich.«

Sie setzte sich, nahm die Sonnenbrille ab und warf mir einen Blick zu.

»Das ist mein Kollege Acanfora«, erklärte der Commissario. »Er hat Ihre Tochter gefunden. Wenn Sie wollen, schicke ich ihn raus.«

»Nein, das ist nicht nötig.«

»Ich hätte auch zu Ihnen kommen können. Ich habe versucht, Sie zurückzurufen, aber da waren Sie schon unterwegs.«

»Heute früh kam im Fernsehen, dass Sie diesen Esposito verhaftet haben und ihn verdächtigen.«

»Im Moment haben wir nur Indizien. Kennen Sie ihn?«

»Vor ein paar Jahren hat Sarah ihn mal zum Essen mitgebracht. Sie hatte ihn gerade erst kennengelernt. Er war fröhlich, voller Energie. Natürlich kam der von der Straße und hatte das ein oder andere Problem. Aber er war mir sympathisch. Und man merkte, dass er Sarah lieb hatte. Meinem Mann gefiel er überhaupt nicht. Er war sich sicher, dass der ein Verbrecher ist und immer bleiben wird. Er akzeptierte auch nicht, dass er aus einer ganz anderen Welt kam, und hat Sarah verboten, ihn zu sehen, aber sie hat ihn weiter heimlich getroffen. Manchmal hat sich meine Tochter mir anvertraut …«

Sie unterbrach sich und schlug die Hände vor die Augen.

»Entschuldigen Sie.«

Sie nahm ein Taschentuch aus ihrer Tasche und putzte sich die Nase.

»Möchten Sie einen Kaffee?«, fragte der Commissario.

Die Signora wehrte mit der Hand ab. Dann lächelte sie wie ein Kind.

»Wollen Sie wissen, wie sie sich kennengelernt haben?«

»Sicher«, sagte der Commissario.

»Im Dom. Sie war hingegangen, um das Blutwunder von San Gennaro zu sehen. Als sie rauskam, haben sie drei Jungen verfolgt, und er, den sie noch nie gesehen hatte, hat sich eingemischt. Er hat gesagt, dass sie seine Freundin wäre und dass sie gut daran täten, sie in Ruhe zu lassen. Sarah hat das immer wieder erzählt.«

»Aber Ihr Mann hat uns auch gesagt, dass dieser Genny Esposito Sarah manchmal geschlagen hat. Wissen Sie davon was?«

Die Signora presste die Lippen zusammen und schüttelte den Kopf. Dann sagte sie leise: »Das stimmt nicht.«

»Entschuldigung, Signora, was stimmt nicht?«

Bevor sie antwortete, starrte sie einen Moment auf ihre Nägel.

»Mein Mann hat sie geschlagen, nicht Genny.«

Ich riss die Augen auf und schaute den Commissario an. Er zog nur die Augenbrauen hoch und rutschte auf seinem Stuhl vor, in Richtung der Signora.

»Ihr Mann?«

»Er hatte rausgefunden, dass sie sich heimlich getroffen haben, das fand er schlimm. Eine Zeitlang haben meine Tochter und er fast jeden Abend gestritten. Dann hat Sarah eines Abends gesagt, dass sie mit Genny zusammenziehen wollte, und er ist vollkommen ausgeflippt.«

»Und warum hat sich Sarah dann von Genny getrennt?«

»Während eines Streits wurde meinem Mann schlecht. Er musste sogar ins Krankenhaus. Sarah hat einen Schreck bekommen und entschieden, Schluss zu machen. Kurz danach hat sie Sandro kennengelernt und nicht mehr über Genny geredet.«

»Und wissen Sie zufällig, ob sich Sarah und Genny in letzter Zeit wiedergesehen haben?«

»In den letzten Monaten sicher nicht. Sarah schien glücklich zu sein mit Sandro. Ich dachte, sie hätte Genny vergessen. Aber letzte Woche wurde sie nervös, und als wir nach Roccaraso gefahren sind, vor fünf Tagen, wollte sie nicht mit. Dann, am Abend bevor ... am Abend vorher hat Sarah mich angerufen. Sie war aufgeregt, weil sie Genny getroffen hatte, und sie hat gesagt, dass sie wieder mit ihm zusammenkommen wollte.«

Die Signora schwieg einen Moment.

»Ich dachte, dass ich das alles lieber nicht vor meinem Mann erzähle.«

»Natürlich, das verstehe ich«, sagte der Commissario. »Danke für Ihre Unterstützung.«

Die Signora stand auf.

»Wir versuchen, den Täter so schnell wie möglich zu finden«, sagte er noch, als er ebenfalls aufstand.

Sie zuckte mit den Schultern. Offensichtlich war ihr der Täter egal.

»Das würde meinen Mann freuen.«

Dann ging sie. Ganz still. Im Raum hing noch ihr Vanilleparfüm.

»Commissario?«

»Was ist?«

»Also war es Genny nicht?«

»Gute Frage.«

Er zog die Flasche mit dem falschen Whisky aus der Schublade und nahm einen Schluck. Ich kapierte, dass er nachdenken wollte, deshalb hab ich mich woanders hingesetzt und geschwiegen.

Eine Minute später kam Cardillo und sagte, da ist eine Journalistin vom Fernsehen, die ihn wegen dem Mord in Posillipo interviewen will.

»Jetzt nicht«, sagte der Commissario.

Cardillo fragte, was er sagen sollte.

»Denk dir 'ne Ausrede aus.«

»Was für 'ne Ausrede?«

»Cardì, was auch immer, Hauptsache, du bist hier bald raus und sie kommt nicht rein.«

Cardillo verschwand, aber gleich danach tauchte Scarano auf.

»Scarà, fehlt dir was?«

»Der Präsident hat angerufen. Er wollte ganz dringend mit Ihnen sprechen und sagt, Sie sollen jetzt sofort vorbeikommen.«

»Das hat er gesagt? Jetzt sofort?«

»Wörtlich, Commissario.«

»Ruf ihn zurück. Sag ihm, dass ich im Moment beschäftigt bin und vorbeikomme, sobald ich Zeit habe.«

Inzwischen war Cardillo zurück.

»Die Journalistin hat keine Zeit zu warten und will unbedingt das Interview.« Der Commissario kam nicht dazu, zu antworten, weil auch noch Cipriani aufkreuzte.

»Entschuldigen Sie, Commissario, ich wollte nur sagen ...«

»Was ist denn heute los?«, rief der Commissario.

»Ich wollte Ihnen sagen ...«, wiederholte Cipriani.

»Nichts ich wollte Ihnen sagen – ich hab zu tun, kommt später wieder.«

»Es geht um den Cinquecento«, sagte Cipriani.

»Den Cinquecento? Was hat das mit dem Cinquecento zu tun?«

»Der Abschleppwagen lädt ihn gerade auf.«

Das Auto hing schon am Kran in der Luft, aber als die kapierten, dass es dem Commissario gehörte, setzten sie den Cinquecento sofort wieder auf den Boden.

»Entschuldigen Sie«, sagte der Polizist, »woher sollte ich wissen, dass das Ihrer ist.«

Dann nahm er den Zettel, um die Strafe aufzuheben. Aber der Commissario sagte, dass das nicht infrage käme und er natürlich bezahlen würde. Da mischte ich mich ein und erklärte, weil ich das

Auto dort geparkt hätte, müsste ich auch die Kohle rausrücken. Während wir palaverten, sagte der Polizist: »Jetzt löse ich das hier auf meine Art«, und er zerriss den Strafzettel, ohne mit der Wimper zu zucken.

Der Commissario hatte überhaupt keine Lust mehr, wieder reinzugehen und sich mit der Journalistin, Cardillo, dem Polizeipräsidenten und dem ganzen anderen Kram rumzuschlagen. Deshalb sind wir in eine Bar in der Nähe, die er kannte und wo wir unsere Ruhe hatten.

Es war nett da, nicht sehr modern, ein hübscher Garten mit Palmen und diesen Pflanzen, die rote ballonförmige Blüten haben. Dort standen bequeme Korbsessel und Eisentischchen mit Kacheln drauf. Auf dem Boden Kies, und zwischen den Blättern hindurch sah man die Masten der Segelboote schaukeln.

»Die machen hier eine ganz besondere Zitronengranita«, sagte der Commissario.

Die Granita kam in bunten Gläsern mit einer in Blütenform geschnittenen Orangenscheibe dran und langen Metalllöffeln. Zucker ist schon drin, sagte er, aber für mich war es zu sauer. Ich tat noch zwei Päckchen Zucker rein, rührte mit dem Löffel um und machte die größeren Eisstückchen dabei kaputt. Nachdem ich den Zucker untergerührt hatte, trank ich die Hälfte. Der Commissario hatte seine Granita vergessen. Er wurde ganz nachdenklich, irgendwie melancholisch.

Ich dachte, dass er vielleicht mit seiner Frau mal hier gewesen war, deshalb.

»Trinken Sie Ihre Granita, Commissario, die schmilzt sonst.«

Er trank einen Schluck, war aber mit den Gedanken woanders.

In der Zwischenzeit schaute ich mir das Muster auf den Kacheln an. Ein Pirat in einem Boot, ein Messer in der Hand und ein Tuch um den Kopf. Im Hintergrund Neapel von früher mit dem Vesuv.

Wir saßen schweigend da. Ich schaute mir den Piraten an, er die Masten der Boote.

Während ich meine Granita austrank, fiel mir ein, dass der Commissario in Urlaub ging und die Sache mit Sarah in der Luft hing. Wer weiß, was ohne ihn daraus wurde.

»Sie fahren doch ans Meer, oder, Commissario?«

Er setzte das Glas hart auf den Tisch.

»Ich gehe später in Urlaub.«

»Also doch nicht jetzt?«

Ich war froh, dass er blieb, auch wenn der Grund bestimmt irgendein Befehl von oben war.

»Das war der Präsident, oder?«

Der Commissario schaute mich kalt an, ohne was zu sagen.

»Ich kann Sie verstehen, Commissario. Bei der Hitze macht es keinen Spaß hier in der Stadt.«

Er sah mir fest in die Augen.

»Das hat nichts mit dem Präsidenten zu tun, Acanfora.«

»Womit dann?«

»Ich wollte das so. Ich fahre erst, wenn ich Sarahs Mörder habe.«

Mir lief es kalt den Rücken runter, als ich ihn das sagen hörte. Dass er einen so starken Willen hatte, hatte ich bislang nicht bemerkt.

»Wir kriegen ihn, Commissario, keine Sorge.«

Er lächelte schief, schlug mir leicht auf die Schulter und trank seine Granita in einem Zug aus.

18.

»Commissario«, rief Scarano, als wir wiederkamen, »der Präsident hat nochmal angerufen und wollte wissen, ob Esposito drinbleibt.«

»Sag ihm, dass ich das noch nicht entschieden habe.«

»Capuozzo war auch da. Er hat den Bericht auf Ihren Schreibtisch gelegt.«

»Komm, Acanfora, schauen wir mal, was es Neues gibt.«

»Signor Commissario«, Cipriani schaute aus dem Archiv raus, »ich habe die Sache mit dem Architekten Caputo überprüft.«

»Hast du was rausgefunden?«

Er kam mit einem Blatt Papier in der Hand an.

»Der steht seit ungefähr zwei Wochen unter Hausarrest.«

»Sehr gut, Acanfora, du hattest recht mit dem Urlaub der Caputo. Weshalb haben sie ihn unter Arrest gestellt?«

»Es ging wohl um die Auftragsvergabe für den Bau eines Einkaufszentrums.«

»Schmiergelder, das hat uns gerade noch gefehlt. Los, schauen wir uns den Bericht an.«

Wir gingen in sein Zimmer. Als der Commissario sich setzte und die Brille rausholte, klingelte das Telefon. Er ging ran, sagte ein paar Mal »verstanden«. Es schien wichtig, denn er schrieb sich was auf einen

Zettel. Als er aufgelegt hatte, las er sich die zwei Seiten Bericht durch. Dann nochmal ganz konzentriert.

»Commissario, was steht da?«

»Dass die Flecken an der Wand dieselben sind wie an den Händen des Mädchens.«

»Das wussten wir doch schon.«

»Aber es ist nicht der schwarze Staub, der an den Eisenrohren ist.«

»Was denn sonst?«

Er nahm die Blätter und las vor.

»Die Flecken auf den Händen der Leiche sind identisch mit denen an der Wand neben der Treppe im Erdgeschoss und ebenso identisch mit denen am Gitter des Aufzugs im ersten Stock.«

Ich dachte einen Augenblick nach.

»Das heißt im Klartext, Commissario, dass Sarah sich erst an das Aufzuggitter und dann an die Wand gelehnt hat. Oder?«

»Sehr gut. Und das heißt auch, dass sie fast sicher oben, im Flur des ersten Stocks vor ihrer Wohnung, auf den getroffen ist, der sie umgebracht hat.«

»Warum oben? Kann sie sich nicht auch am Gitter im Erdgeschoss die Hände schmutzig gemacht haben?«

»Nein, weil die Tür vom Aufzug im Erdgeschoss – du erinnerst dich – aus Holz ist mit einem Glasfenster, ohne Gitter und wahrscheinlich auch ohne Staub.«

»Verstanden ... nein, Commissario, ich hab's noch nicht verstanden.«

»Nochmal von vorn. Sarah öffnet die Wohnungstür, und der Typ ist schon oben, steht vor ihr. Wir wissen nicht, ob das Treffen überraschend ist oder nicht. Jedenfalls will sie irgendwann zurück in ihre Wohnung. Er verhindert das jedoch, drängt sich dazwischen oder schubst sie. Sie wird gegen die Aufzugtür gedrückt und macht sich die Hände schmutzig. Dann flieht sie die Treppe runter.«

»Der Typ holt sie ein«, fuhr ich fort, »und schlägt ihr das Eisenrohr auf den Kopf. Sarah fängt an zu schreien, und er haut ab. Bevor sie hinfällt, stützt sie sich an der Wand ab. Ist es so gelaufen?«

»Ungefähr«, sagte der Commissario.

Aber auch wenn das erklärte, wie es passiert war, half uns das nicht weiter, wer der Mörder war. Ich sah ihm an, dass da noch was war.

»Wo liege ich falsch?«

Der Commissario legte die Blätter auf den Schreibtisch.

»Das Eisenrohr hat nichts damit zu tun, aber das konntest du nicht wissen«, sagte er.

»Wieso nicht?«

»Weil der Gerichtsmediziner, mit dem ich eben telefoniert habe, gesagt hat, dass die Wunde auf Sarahs Stirn nicht von einem stumpfen Gegenstand herrührt.«

»Wovon denn sonst?«

»Er ist sich nicht sicher, es könnte auch die Folge eines Sturzes die Treppe runter sein, aber wahrscheinlich ist, dass die Wunde von einem Stoß oder Schlag auf den Kopf stammt.«

»Und?«

»Außerdem hat sie Blutergüsse und blaue Flecken am ganzen Körper. Auch hier sind wir nicht sicher, aber es könnte sich um Tritte und Schläge handeln.«

»Der Pianist?«

»Weiß ich nicht, aber den knöpfen wir uns jetzt vor.«

Genny Esposito machte mit nacktem Oberkörper Liegestütze, die Füße auf der Pritsche und die Hände auf dem Boden. Als er uns reinkommen sah, grinste er kühl.

»Und, habt ihr den Arsch?«

»Spiel uns nichts vor«, sagte der Commissario scharf. »Du hast sie umgebracht.«

Der Pianist hörte mit den Liegestützen auf und wischte sich den Schweiß am Bettlaken ab.

»Commissario, Sie sind stur. Hab doch gesagt, dass ich's nich war.«

Der Commissario ging näher an die Pritsche ran.

»Die Beweise sind niederschmetternd, Esposito. Erstens: Du hast sie schon am Tag zuvor getroffen und uns angelogen. Zweitens: Du hast kein Alibi. Drittens: Das Mädchen ist getreten und geschlagen worden, und alle wissen, dass du sie geschlagen hast, als ihr zusammen wart.«

Das letzte stimmte nicht, aber wir hatten uns abgesprochen, dass wir das behaupten und schauen, wie er reagiert.

Esposito sprang wie ein Gummiball auf die Füße.

»Fuck, das is nich wahr! Ich hab sie nich verdroschen!«, schrie er.

»Wer sonst?«

»Commissario, das darf ich nich sagen, verdammte Scheiße, ich hab's versprochen!«

»Hör zu, du steckst bis zum Hals in der Scheiße.« Der Commissario ließ nicht locker.

»Ich schwör's bei meiner Mutter, verdammt, Commissario, ich hab sie wirklich nur am Tag vorher gesehen«, sagte er mit zitternder Stimme. »Ich hab sie sechs Monate lang nich gesehen. Sie hat mich angerufen, dann bin ich hin, und wir ham unten vorm Haus in Posillipo geredet. Das war's. Danach hab ich sie nich mehr gesehen, verdammte Scheiße.«

Der Commissario machte weiter.

»Entweder hilfst du uns, oder du hast eine Anzeige wegen vorsätzlichem Mord an der Backe. Damit fängst du dir locker zwanzig Jahre, Esposito. Also gib's schon zu, das ist besser.«

Esposito verlor vollkommen die Fassung. Er lief ein paar Schritte durch die Zelle, wie einer, der nicht weiß, wo er sich anlehnen soll. Dann setzte er sich auf die Pritsche und senkte den Kopf.

Als er ihn wieder hob, sah er nicht mehr wütend aus, gar nicht. Ich hab gedacht, gleich redet er, und vielleicht wissen wir dann, wie Sarah wirklich gestorben ist. Mir lief es kalt den Rücken runter.

»Ich hab'n Alibi, Commissario.«

»Dann rede schon, du Idiot, worauf wartest du?«, fragte der Commissario wütend.

Esposito nickte.

»Am Nachmittag, als Sarah gestorben is, war ich im Vico dei Lammatari 165, in Wohnung Nummer 17, auf der anderen Seite von Neapel. Der Typ heißt Totò Piscicelli, gehört zur Familie Limoncello. Ich bin da hin für 'ne Cousine von meiner Mutter, Schulden eintreiben. Der wollte nich zahlen. Sagte, er hat nichts. Der Idiot hatte das Geld in die Kaffeedose gestopft. Als ich mir's genommen hab, hat er das Maul aufgerissen und rumgeflucht. Da bin ich ausgerastet und hab ihm ein paar mitgegeben. Wenn Sie mit ihm reden wollen, versuchen Sie's mal im Ospedale dei Poveri, dem hab ich alle Knochen gebrochen. Schicken Sie mich meinetwegen nach Poggioreale, Commissario, aber die Sache mit den Limoncello darf nich rauskommen, sonst bin ich geliefert.«

Nachdem er fertig war, warf er sich auf die Pritsche. Und der kalte Blick voller Hass war wieder da.

»Wenn ihr das Schwein schnappt, das Sarah umgebracht hat, dann bringt ihn mir für zwei Minuten, hört ihr? Den erledige ich.«

Der Commissario beauftragte Scarano damit, das Alibi zu überprüfen. Er war aber längst überzeugt, dass der Pianist nichts mit dem Mord an Sarah zu tun hatte.

»Okay, aber irgendwer muss es gewesen sein«, sagte ich.

Er trank einen Schluck Tee aus der falschen Whiskyflasche, dachte nach und sagte dann:

»Es gibt keinen einzigen Zeugen, der irgendwen das Haus betreten oder verlassen sehen hat.«

»Na und?«

»Die Tür ist nicht aufgebrochen worden«, fuhr der Commissario fort, »nirgendwo Anzeichen für einen Einbruch, keine fremden Fingerabdrücke, was heißt das, Acanfora?«

»Dass es niemand war?«

»Nein, dass derjenige, der sie umgebracht hat, nicht von draußen gekommen ist.«

»Wollen Sie sagen, dass es einer aus dem Haus war?«

»Genau. Er klingelt, vielleicht unter dem Vorwand, nach Salz oder Knoblauch zu fragen, was auch immer. Das Mädchen macht auf, sie hat ihn oft genug getroffen, vielleicht grüßt sie ihn jeden Tag. Stattdessen ...«

»Aber das sind doch alles anständige Leute dort.«

»Genau, so anständig wie Caputo.«

»Sie haben Recht, Commissario. Haben Sie eine Idee?«

»Darüber denken wir morgen nach, Acanfora. Jetzt geh mal nach Hause.«

Während er sich verabschiedete, sagte er, dass ich ihn an jemanden erinnere. Keine Ahnung, an wen, aber es klang, als wäre es kein schlechter Kerl.

19.

Ich wartete gedankenverloren an der Straßenbahnhaltestelle. Es war kaum jemand auf der Straße, nur ab und zu kam ein Auto vorbei. Obwohl die Sonne bald unterging, stand die Luft immer noch vor Hitze.

An der Ampel gegenüber hielt ein uralter Fiat mit runtergekurbelten Fenstern. Drinnen drei Jungs, die »I' so 'pazzo« von Pino Daniele auf voller Lautstärke hörten. Ich summte mit und schnipste mit den Fingern den Rhythmus dazu.

Zwanzig Minuten später kam die Straßenbahn, mit der ich zum Zug musste, und ich stieg ein.

Drinnen Leute, die vom Strand kamen, vor allem Frauen mit Kindern. Die machten einen Heidenlärm und hielten nicht einen Moment still. An der nächsten Haltestelle stieg ein junger Typ ein, der fertig aussah und eine Tasche über der Schulter hängen hatte.

»Leute, 'ne kleine Spende«, sagte er. »Vergelt's Gott.«

Keiner beachtete ihn, eins der Kinder trat sogar nach ihm. Er machte seelenruhig weiter.

»Taschentücher, Feuerzeuge, Spielkarten, Kulis, Scheren, Bleistifte. Helft mir, 'ne kleine Spende, vergelt's Gott.«

Eine Signora kaufte eine Schere.

Ich stieg aus, ging über die Gleise und wartete auf die Bahn in die Gegenrichtung. Ich wollte plötzlich unbedingt nochmal in die Via del Parco Mastriani. Keine Ahnung, wieso. Vielleicht wurde ich langsam besessen und sollte lieber nach Hause fahren. Aber irgendwie konnte ich nicht anders. Ich musste nochmal hin.

Um reinzukommen, klingelte ich bei dem Lehrer, da war keiner. Dann versuchte ich es bei den Caputo, aber die Philippinin sagte, dass sie ohne Erlaubnis niemandem aufmachen dürfte. Die Frau von Anwalt Santoro hat ein Riesentheater gemacht. Zum Glück kam in diesem Moment eine Verwandte von den Lo Russo aus dem Haus, sonst wäre ich gar nicht reingekommen.

Der Hausflur lag wie immer im Halbdunkel. Und wieder diese Stille wie beim ersten Mal. Ich machte Licht, schaute mich um und drehte eine Runde, um nochmal alles zu kontrollieren, auch wenn ich den Flur inzwischen in- und auswendig kannte. Erst mal bin ich zu dem Brunnen, aber die Eisenrohre lagen nicht mehr da, die Spurensicherung hatte sie mitgenommen. Ich ging zu der Wand an der Treppe. Die beiden Abdrücke waren immer noch zu sehen, nur etwas blasser. Dann ging ich zum Aufzug und fuhr mit dem Finger über das Glas. Wie der Commissario vermutet hatte, war alles sauber, ich fand keinen Staub.

In Wahrheit hatte ich keine Ahnung, was ich überhaupt suchte. Aber ich hatte ein komisches Gefühl, als ob plötzlich irgendwas rauskommen könnte, so dass alles klar wäre. Und ich sah nochmal Sarahs Augen, die mich anschauten. Wieder hatte ich den Eindruck, dass sie mir was sagen wollte und ich nicht darauf geachtet hatte. Während ich so dastand, ging im ersten Stock eine Tür auf und Sarahs Mutter kam raus.

»Birba ...«, rief sie, keine Ahnung, wen. »Birba, wo bist du, meine Schöne?«

Hinter dem Aufzug huschte wie ein Gespenst Sarahs Katze hervor. Sie war dünner geworden, auch das Fell, und war fast ganz grau. Sie sprang zwei Stufen hoch, dann kam sie zurück in meine Richtung. Sie roch an meinen Stiefeln und lief dann raus in den Garten. Als Sarahs Mutter sich runterbeugte, um die Katze zu suchen, sah sie mich.

»Guten Abend«, sagte ich.

Sie schaute mich an und wusste erst mal nicht, wer ich war.

»Heute im Kommissariat ...«, erklärte ich.

»Ach ja.«

»Ich suche immer noch nach Indizien.«

Sie schaute mich weiter an, dann sagte sie:

»Kommen Sie, trinken Sie einen Kaffee mit mir.«

»Ich will nicht stören, Signora.«

»Nur einen Kaffee. Der ist gerade fertig.«

Ich wollte nicht hoch zu ihr, ich kam mir wie ein Eindringling vor.

»Es ist schon ziemlich spät.«

»Nur fünf Minuten.«

»Na gut, aber wirklich nur fünf Minuten.«

Die Signora ließ mich auf dem Sofa Platz nehmen und brachte mir den Kaffee.

»Ein Löffel?«

»Ja, danke.«

Sie rührte Zucker in den Kaffee.

»Wissen Sie, was ich an Sarah am meisten mochte?«, fragte sie.

»Ich weiß nicht, vielleicht die Augen?«

Sie gab mir die Tasse und musste lächeln.

»Sie haben Recht, sie hatte schöne Augen. Nein, ich meinte ihren Charakter.«

Ich schüttelte den Kopf und wartete, dass sie weitersprach.

»Ihre Neugier.«

»Ich hab gedacht, als ich ihr Zimmer gesehen hab mit all den Sachen, dass sie ein ganz besonderes Mädchen gewesen sein muss.«

»Das stimmt, Sarah war besonders. Ein wenig schüchtern, aber sie konnte immer zuhören, war immer auf der Suche nach Orten, wo sie noch nie gewesen ist und um Leute kennenzulernen, die anders waren.«

»Wie diesen Genny Esposito.«

»Ja. Sie fühlte sich von allem angezogen, was nicht banal oder offensichtlich war.«

»Er ist es nicht gewesen.«

»Umso besser«, sagte sie seufzend.

Dann nahm sie eine Blechbüchse von einer Kommode mit Fotos von ihrer Tochter, die sie mir zeigen wollte. Sie setzte sich neben mich und holte vorsichtig eins nach dem anderen raus, als ob die heilig wären.

»Das war letzten Sommer in Roccaraso.«

Sarah saß auf einem weißen Pferd, das dreimal so groß war wie sie. Sie hatte die Augen aufgerissen und sah erschrocken aus, als könnte wer weiß was passieren.

Auf dem nächsten Foto saß sie immer noch auf dem Pferd, aber jetzt zufrieden, und streckte dem, der sie anschaute, die Zunge raus.

»Sie ist im Sommer nicht gern an den Strand gegangen«, sagte die Mutter. »Zu viele Leute, zu viel Chaos.«

»Ich kann Chaos auch nicht leiden«, rutschte es mir raus.

Aber sie hörte nicht zu und nahm ein anderes Foto, auf dem Sarah kleiner war, als Zorro verkleidet.

Wir schauten uns noch drei, vier an, dann sagte sie ganz leise, kaum hörbar: »Es reicht.«

Sie legte die Fotos zurück in die Dose, schloss sie und legte sie auf ihre Knie und strich ab und zu darüber.

»Sie war gern draußen, in der Natur, bei Tieren. Sie hatte gerade mit Tiermedizin angefangen.«

Ich saß da mit der Tasse in der Hand und wusste nicht, was ich sagen sollte.

»Sie spielte auch Gitarre. Und hatte so eine schöne Stimme. Aber sie hat nicht gern vor Leuten gesungen, ich habe ja schon gesagt, dass sie schüchtern war. Ab und zu sagte sie, dass niemand sie verstand.«

Sie schaute mich an und lächelte freundlich.

»In eurem Alter kommt das vor, dass man denkt, keiner versteht einen, nicht wahr?«

»Ja, das stimmt, da haben Sie recht«, sagte ich.

Und zählte die Kacheln auf dem Boden, um ihrem Blick auszuweichen.

Endlich stand ich an der Tür und verabschiedete mich.

»Auf Wiedersehen, Signora. Danke für den Kaffee.«

»Kommen Sie doch mal wieder.«

»Mach ich, Signora. Auf Wiedersehen.«

Die Tür fiel zu. Ich holte tief Luft und ging die Treppe runter.

Bevor ich ging, rauchte ich noch eine im Innenhof hinter dem Hausflur. Während ich so rauchte, schaute ich hoch und sah die Fenster zum Hof. Hinter einem könnte Sarahs Mörder sein, hab ich gedacht. Der Commissario hatte Recht, ihr Mörder war hier. Irgendwo hier, wir wussten nur nicht, wo.

Plötzlich schlug eine Tür zu, und ich habe mich fürchterlich erschrocken. Ich ging zurück in den Flur und hörte eine Männerstimme auf der Treppe:

»Birba ... Birba ... wo bist du?«

Ich versteckte mich hinter dem Brunnen und blieb ganz still stehen, um zu sehen, wer das war.

Dann hörte ich Schritte die Treppe runterkommen.

Einen Augenblick später sah ich ihn im Flur. Es war der Lehrer, der, den ich am ersten Tag zusammen mit dem Commissario verhört hatte. Immer noch in Shorts und Lacoste. Er hatte irgendwas in der Hand, aber von da aus, wo ich war, konnte ich nicht erkennen, was.

»Birba, guck mal, was ich habe … Birba …«

Hinter dem Aufzug kam Sarahs Katze vor.

Der Mann ging ihr entgegen.

»Willst du keine Milch, Birba?«

Er kniete sich hin und stellte einen Teller auf den Boden. Die Katze miaute.

»Das ist nur Milch, keine Angst.«

Die Katze kam näher und fing an, die Milch vom Teller zu schlecken. Er streichelte sie.

»Guten Abend, Professore«, sagte ich und kam hinter dem Brunnen vor.

Der Lehrer drehte sich schnell um und erkannte mich sofort.

»Das ist Sarahs Katze«, sagte er verlegen.

»Ja, weiß ich.«

In der Zwischenzeit verschwand die Katze wieder hinter dem Aufzug. Er stand auf.

»Hatte ich also recht«, sagte er.

»Womit?«

»Der, den ihr verhaftet habt. Hab ich euch doch gesagt, dass das ein Verbrecher ist.«

Ich nickte.

»Wenn man sich mit solchen Leuten abgibt, muss früher oder später was passieren.«

»Darf ich Sie was fragen?«

»Gern.«

»Haben Sie Sarah schreien hören?«

»Was?«

»Sarah hat irgendwann geschrien, um Hilfe gerufen. Haben Sie das gehört, Professore?«

Der Lehrer schaute mich verwirrt an.

»Was ist das denn für eine Frage?«

»Haben Sie sie gehört oder nicht?«, fragte ich entschlossen.

»Natürlich nicht.«

»Wie können Sie sie nicht gehört haben, Sie wohnen doch im selben Stock.«

»Was wollen Sie eigentlich von mir?« Er wurde plötzlich lauter, brüllte fast.

»Der Anwalt ist fast taub und hat sie von oben gehört. Und Sie nicht? Sind Sie noch tauber?«

Der Lehrer ging, ohne zu antworten, zur Treppe.

»Haben Sie sie gehört oder nicht?«, schrie ich ihm hinterher.

Er rannte die Treppe hoch. Oben auf dem Absatz drehte er sich kurz um, murmelte was, das ich nicht verstand, dann verriegelte er die Tür von innen.

20.

Die Vesuviana war halbleer, nur ein paar Touristen fuhren nach Sorrent. Eine Blondine fragte mich irgendwas, ich glaube, auf Englisch, aber ich verstand nichts und grinste blöd, weil ich nicht wusste, was ich sagen sollte. Als ich ausstieg, rannte mich einer fast um. Ich stieß ihn beiseite und ging weiter.

»Seit du bei den Bullen bis, kennste wohl deine Freunde nich mehr?«

Ich drehte mich um.

Es war Ciro. Mein Freund aus der Schule. Ich hatte ihn fast ein Jahr lang nicht mehr gesehen. Er war noch magerer geworden und hatte die Augen auf Halbmast.

»Ciro! Mensch, Ciro!«

Ich umarmte ihn und spürte die Knochen unter seinem T-Shirt.

»Haste mal zehntausend Lire?«

»Hab ich«, sagte ich, »aber was willst du damit?«

»Komm schon, wir sind doch Freunde.«

Ich nahm zehntausend Lire aus dem Portemonnaie und gab sie ihm.

»Mensch, Ciro!«, sagte ich.

»Is das letzte Mal«, antwortete er.

»Klar!«

»Ich schwör's.«

»Vergiss es.«

»Das letzte Mal«, wiederholte er, während er zum Park davonging.

Dann blieb er stehen und drehte sich um.

»Ich will mir 'n Boot mit Schleppnetz kaufen«, sagte er.

»Und willst du mich immer noch als Schiffsjungen?«

Er nickte und verschwand in Richtung Park.

Als ich zur Tür reinkam, fiel mir auf, dass der Fernseher nicht lief. Ich ging in die Küche, und wirklich: Er war aus. Der Tisch war gedeckt, eine Pfanne mit Pasta-Sauce stand auf dem Herd, aber ich sah Mamma nirgendwo. In ihrem Zimmer war Licht, und ich dachte, sie hätte sich vielleicht hingelegt. Ganz leise ging ich rein, ich wollte sie nicht wecken, falls sie schon schlief. Stattdessen war sie dabei, ihren Koffer zu packen.

Das war ein Naturgesetz: Jedes Mal, wenn sie den Koffer hervorholte, war jemand aus der Familie krank. Und sie fuhr ins Krankenhaus, um die Nacht dort zu verbringen. Auch wenn es nichts Schlimmes war, Mandeln oder Blinddarm, rannte sie sofort los. Einmal ist sie bis nach Mailand, weil mein Bruder sich bei einem Fußballspiel eine Rippe angeknackst hatte.

»Wer stirbt diesmal?«, fragte ich.

»Niemand, es geht allen gut.«

Trotzdem zog sie ein Gesicht wie bei einer Beerdigung.

»Mamma, was ist los? Sag schon.«

»Nichts, was soll sein. Tante Rosetta hat aus Ischia angerufen.«

»Geht's ihr nicht gut?«

»Nein, nein, der geht's gut.«

»Na und? Nun erzähl schon!«

»Tante Rosetta hat ein Haus auf Ischia gemietet, den ganzen August. Jetzt sind ihre Kinder weg, und sie wollte, dass ich eine Woche zu ihr fahre.«

Seit ich klein war, hat Mamma nie Urlaub gemacht. Ich war sprachlos.

»Hätte ich nein sagen sollen?«

»Natürlich nicht.«

»Kommst du wirklich alleine zurecht?«

»Ich bin zwanzig, Mamma.«

»Stimmt, du bist inzwischen groß.«

»Und bei der Hitze ist es am Meer viel angenehmer. Wann fährst du?«

»Willst du mich loswerden?«

»Nur um Bescheid zu wissen. Wann geht das Schiff?«

»Ich dachte, ich fahre heute Abend, mit dem letzten. Dann ist es kühler, du arbeitest nicht und kannst mich vielleicht zum Hafen bringen.«

»Klar bringe ich dich hin. Aber beeil dich, sonst verpassen wir das Schiff noch.«

Während ich ihr mit dem Koffer half, sah ich, dass sie ein paar gerahmte Fotos reinstopfte. Eins von meinem Vater und eins von uns Kindern zusammen auf Toninos Hochzeit. Dann eins von den Enkeln, nicht mal das von ihren Eltern hatte sie vergessen. Sie nahm die ganze Familie mit, Lebende und Tote. Ich wollte einen Witz machen, um sie zu ärgern, ließ es aber sein und streichelte sie, ohne was zu sagen.

Dann zog ich mich um und rief ein Taxi. Als sie Taxi hörte, flippte sie aus. Das wäre was für reiche Leute, viel zu teuer, wir könnten uns das nicht leisten. Als das Taxi schon unten wartete, wollte sie immer noch nicht damit fahren. Um sie rumzukriegen, log ich, dass sie mir als Polizist die Fahrtkosten am Monatsende zurückzahlten. Zum Glück glaubte sie das, sonst hätte ich einen weiteren Abend mit dem Vesuv und dem Sohn von Titina vor mir gehabt.

Obwohl es schon nach zehn war, sah es an der Beverello-Mole so aus, als wäre die ganze Stadt da und wollte auf die Schiffe. Nach Procida, nach Ischia – junge Leute, Familien, Ausländer, Busse von wer weiß woher, Mofas, Vespas und so weiter. Einer hatte sogar in der Nähe vom Schiff einen Tisch aufgestellt und verkaufte Panini.

Wir mussten eine Viertelstunde Schlange stehen, um eine Fahrkarte zu ergattern. Zwei vor mir stritten ewig rum, wer zuerst dran war. Ein Kind heulte auf dem Arm seiner Mutter und wollte unbedingt Chips. Eine Alte war in ihrem Rollstuhl eingeschlafen und zog im Schlaf die Wangen ein.

Während ich mit der Fahrkarte zu Mamma zurückging, kam ein junges Pärchen in einem Cabrio mit offenem Verdeck, das aufs Schiff wollte. Weil sie keine Erlaubnis hatten, ließ der Zoll sie nicht durch. Der Typ am Steuer stellte sich stur, behauptete ganz ruhig, er hätte eine Genehmigung, warum, verstand ich nicht. Der Zollbeamte ging nicht drauf ein und wollte, dass er wegfuhr, weil er im Weg war. Da stieg der Typ aus seinem Auto aus. Der war nicht älter als ich und sah aus wie dieser berühmte Schauspieler, von dem ich den Namen vergessen habe. Er lächelte den Beamten freundlich an, dann sah ich, dass er ihm seinen Führerschein gab, vorher aber einen Fünfzigtausend-Lire-Schein reingesteckt hatte. Als der Beamte das Geld sah, starrte er ihn an. Der Typ nickte und lächelte weiter. Der Beamte stopfte ihm den Führerschein und das Geld in die Hemdtasche und winkte ihm mit der Hand, er solle verschwinden.

»Nun schau dir dieses Würstchen an!« Der Typ wurde lauter.

»Vergiss es«, sagte seine Freundin, »dann fahren wir eben nach Positano.«

»Nein, ich will heute Abend nach Ischia«, stellte er sich stur, drehte sich wieder zu dem Beamten und sagte, er würde jetzt jemanden anrufen, den er kannte.

»Rufen Sie an, wen Sie wollen«, sagte der Beamte. »Aber wenn Sie nicht wegfahren, lasse ich Sie verhaften.«

»Wen willst du verhaften, du Würstchen?«, brüllte er. »Wen willst du hier verhaften?«

Der Beamte antwortete nicht. Er warf der Freundin einen Blick zu und gab ihr ein Zeichen, dass es besser wäre, den Typ wegzuschaffen. Ich dachte, wenn ich die Freundin wäre, würde ich Gas geben und den Trottel stehen lassen.

»Komm schon, wir fahren«, sagte das Mädchen.

Der Typ schaute den Beamten herausfordernd an.

»Das ist noch nicht gegessen«, sagte er.

Er stieg ins Auto und fuhr mit quietschenden Reifen weg.

Mamma erzählte in der Zwischenzeit immer wieder, woran ich alles denken musste. Stell das Gas aus, wenn du schlafen gehst, mach das Licht aus, wenn du weggehst, iss, damit du bei Kräften bleibst. Und wenn du was brauchst, ruf an, dann nehme ich das nächste Schiff und komme zurück.

»Mamma«, sagte ich, »du tust so, als würdest du nach Argentinien fahren.«

Da sagte sie nichts mehr. Sie gab mir einen Kuss und drehte sich um, um aufs Schiff zu gehen. Dann kam sie nochmal zurück.

»Hast du was vergessen?«

Sie schwieg.

»Ja?«

»Ich wollte dir bloß sagen, dass ich Tante Rosetta angerufen habe.«

»Was soll das heißen, du hast sie angerufen?«

»Nichts, ist schon gut.«

Sie ging in Richtung Schiff.

»Was soll das heißen?«, fragte ich nochmal.

»Lass gut sein«, sagte sie. »Das heißt gar nichts.«

Dann ging sie aufs Schiff und stieg sofort an Deck. Ihr Blick suchte mich. In der Zwischenzeit hatten sie die Bugklappe geschlossen und den Steg eingezogen. Mamma entdeckte mich und hob den Arm. Ich machte dasselbe und blieb stehen, um dem Schiff nachzuschauen. Mammas Gesicht konnte ich sehr schnell nicht mehr erkennen. Vom Schiff drangen immer noch Stimmen und das Lachen der Leute herüber, auch das Klingeln von einem dieser neuen Telefone. Dann nichts mehr.

Im Hafen wurde es still. Erst gingen die Lichter am Fahrkartenschalter aus, dann die in der Bar gegenüber. Wer es nicht mehr aufs Schiff geschafft hatte, ging weg. Und ein Nachtwächter bedeutete mir zu verschwinden, weil ich dort nicht bleiben konnte.

21.

Meine Müdigkeit war wie weggeblasen, und nach Hause gehen und mich über die Hitze ärgern wollte ich auch nicht. Ich ging durch Santa Lucia und die Via Partenope, vorbei am Castel dell'Ovo. Zwei Japaner fragten mich, ob ich ein Foto von ihnen machen könnte. Sie posierten, lächelten, und ich knipste. Dann ging ich weiter in die Via Caracciolo. Ich sah, wie das Schiff nach Ischia hinter Kap Posillipo drehte und verschwand. Auf der anderen Seite glitzerten die Lichter der Küste bis nach Sorrent, es sah aus wie eine riesengroße Weihnachtskrippe.

Ich ging gedankenverloren weiter.

Ab und zu kam ich an einem knutschenden Pärchen vorbei und guckte weg. Zwei turmlange Schwarze joggten und sprachen wer weiß was für eine Sprache. Auf der Piazza Principe di Napoli wollte mir irgendein Bekloppter unbedingt eine Lederjacke verkaufen, die er wer weiß wo geklaut hatte.

Vom Laufen hatte ich Hunger bekommen, deshalb holte ich mir in Mergellina eine scharfe Pizza Margherita und zwei Kroketten auf die Hand. Am Kiosk von Madonna kaufte ich mir ein Bier. Weil ich in Zivil war, erkannte sie mich nicht gleich. Als sie es geschnallt hatte, wollte sie mir mein Geld zurückgeben und wurde nervös, weil ich drauf bestand, zu zahlen. Sie fing an, sie hätte doch nichts getan, sie müsste ihre Familie durchfüttern, und wenn wir ihr den

Kiosk zumachten, würde sie sich aus dem Fenster stürzen.

»Keine Sorge, Madò, das hat nichts mit der Lizenz zu tun, ist meine Sache, nimm bitte das Geld.«

Sie weigerte sich standhaft. Um sie rumzukriegen, musste ich sagen, dass ich ihr die Lizenz entzog, wenn sie mich nicht zahlen ließ. Ich machte sie so verrückt, dass sie das Geld am Ende behielt. Trotzdem war sie unsicher, ob sie mich irgendwie beleidigt hatte.

Ich nahm alles mit hoch auf die Felsen, fand einen bequemen Platz, setzte mich, klappte die Pizza zusammen und biss rein, während ich aufs Meer schaute. Mozzarella lief mir über die Finger, ich leckte sie ab, damit es nicht tropfte. Dann aß ich die Kroketten, wusch mir die Hände im Wasser und rieb sie kräftig, bevor ich sie an der Hose abtrocknete.

Während ich den Rest Bier trank, beobachtete ich die Lampen der Fischerboote. Einige fischten ganz nah am Strand nach Oktopus. Andere waren weiter draußen und kaum zu erkennen, die waren hinter Kalmaren her. Im Dunkeln hörte man das Geräusch eines Motorboots, aber wo es langraste, sah man nicht. Das Leuchtfeuer blinkte gleichmäßig und beruhigend wie ein Schlaflied.

Mir fiel Sarah wieder ein. Wer weiß, was sie an den Sommerabenden so gemacht hatte. Vielleicht war sie manchmal auch am Meer spazieren gegangen. Oder sie hatte ein Eis auf der Mole gegessen und das

Leuchtfeuer oder die Lampen der Fischerboote beobachtet.

Manchmal kommen dir irgendwelche Gedanken, und du weißt nicht, woher. Als hätten sie keine Bedeutung, als wären das Phantasien ohne Sinn und Verstand. Aber wenn du solche Gedanken hast, werden sie wohl auch irgendwas bedeuten.

Sarah auf der Mole, wie sie aufs Meer schaut, Eis isst und nachdenkt. Über das Gute und das Schlechte. Über die Liebe und ihre Zukunft. Über das Leben.

Und während Sarah so nachdachte, wurde es Mitternacht. Ich stand auf, nahm die leere Dose und das Papier, stopfte alles in die Plastiktüte und schmiss sie in die erste Mülltonne, an der ich vorbeikam.

22.

Um nach Torre del Greco zu kommen, nahm ich erst mal die Straßenbahn zum Bahnhof. Weil die Vesuviana schon nicht mehr fuhr und der Nachtbus Verspätung hatte, zog ich zu Fuß los. Keiner mehr auf der Straße, nur ab und zu ein paar arme Schweine auf dem Gehsteig mit ihren Kartons. Und ein Junge, der von einer Kabine aus telefonierte. Gut zwei Kilometer lief mir ein Hund nach, der vielleicht drauf hoffte, dass ich was zu essen für ihn hatte.

Bevor der Nachtbus kam, war ich beinahe in Portici angekommen. Meine Füße waren tonnenschwer, und ich konnte kaum noch aus den Augen schauen, so fertig war ich. Aber wenigstens hatte mir die Müdigkeit den Kopf zugedröhnt, und als ich mich aufs Bett warf, war ich innerhalb von zwei Minuten weg.

Am nächsten Morgen machte ich mir Kaffee und hörte Radio, statt den Fernseher anzustellen. Die spielten irgendeine Geigenmusik, du hast direkt Lust bekommen zu tanzen. Ich hüpfte zu den Geigen hin und her und trat dabei gegen den Schrank mit den Tellern, der beinahe zusammengekracht wäre. Als der Kaffee fertig war, tunkte ich Kekse rein. Ich war noch nie allein zuhause gewesen und hätte nie gedacht, wie schön das sein kann, diese Ruhe mit ein bisschen Musik dazu. Gleich nach Ferragosto wollte ich mir zwei Tage freinehmen und eine eigene Wohnung suchen. Ich hatte den Job, das Gehalt war sicher, warum nicht? Natürlich waren der gedeckte Tisch und die gebügelte Wäsche bequem. Und die Tatsache, dass dich jemand zuhause erwartet, ist ab und zu auch ganz nett. Aber nichts gegen die Freiheit, sich in den Sessel werfen zu können, ohne reden zu müssen. Und wenn es nur für einen Monat war, aber ausprobieren wollte ich es. Natürlich würde ich Mamma trotzdem besuchen. Aber nicht immer. Nur ab und zu, wenn ich Lust hatte. Ein bisschen quatschen, zusammen essen, ohne Zwang.

Die Musik war vorbei, jetzt kamen Nachrichten. Wieder zwei Politiker aus Neapel wegen Schmiergeld verhaftet. Dann war der Mord aus der Via del Parco Mastriani dran. Sie berichteten, dass der Exfreund von Sarah freigelassen worden war, dass der Täter vielleicht ein Penner wäre und dass die Polizei nicht in der Lage war, für Sicherheit in der Stadt zu sorgen.

Wenn das der Präsident hörte! Bestimmt hatte der schon zehnmal angerufen. Auf jeden Fall würden sie uns diese Geschichte unter die Nase reiben. Die Stadt kriminell, erst ein Mörder aus der Sanità, jetzt ein Penner – fehlte bloß noch, dass die Camorra ihre Finger im Spiel hatte.

Nach der Via del Parco Mastriani kam wieder Musik. Ein paar Minuten Geigen, dann sagten sie, dass das Wetter sich änderte und die Hitze in ein paar Tagen vorbei ist.

Aber noch hatte uns der Scirocco fest im Griff, aus dem Hahn tröpfelte es nur, ich brauchte eine Ewigkeit, um mich zu waschen.

Als ich in der Zentrale ankam, erwischte ich Scarano, wie er an der halboffenen Tür vom Commissario spionierte.

»Was machst du da?«

Er gab mir ein Zeichen, still zu sein.

»Der Polizeipräsident ist da«, flüsterte er. »Kontrolle vom Ministerium.«

Aber er bedeutete mir, dass das eine Ausrede war, an die keiner glaubte.

Ich schlich zur Tür, um einen Blick auf den Präsidenten zu werfen, den ich noch nie gesehen hatte. Er war groß, hatte graue, wellige Haare und führte sich auf wie ein Derwisch. Er stand vor dem Schreibtisch und blätterte wütend in einer Zeitung, während der Commissario dahinter saß und ihn scheinbar nicht beachtete. Der Präsident hatte die Stelle gefunden, die er gesucht hatte, und zeigte mit dem Finger drauf.

»Hier, hier, lesen Sie, und sagen Sie mir, ob ich Recht habe.«

Zusammen mit Scarano blieb ich hinter der Tür stehen, um zu verstehen, worum es ging.

Der Präsident schob dem Commissario die Zeitung rüber und drehte sie zu ihm um. Der Commissario sagte, er hätte seine Brille vergessen und könnte ohne nicht lesen.

Der Präsident wurde lauter.

»Die schreiben, dass wir unsere Arbeit nicht machen, dass wir in Urlaub fahren und die Stadt ihrem Schicksal überlassen.«

»Wenn es nur das ist – die Stadt ist seit Ewigkeiten

ihrem Schicksal überlassen, und die Polizei ist sicher nicht schuld daran.«

»Bitte, Santagata, fangen Sie jetzt nicht mit der Politik an, ich habe schon Kopfschmerzen«, sagte der Präsident immer noch wütend.

Dann setzte er sich, wischte sich den Schweiß ab und atmete tief durch, um sich zu beruhigen.

»Ich meine nur, musste der wirklich freigelassen werden?«

»Esposito.«

»Ja, ich weiß, wie der heißt. Man hätte auch ein paar Tage warten können, bis die Presse das Interesse verliert.«

»Er war's aber nicht. Das habe ich Ihnen doch schon gesagt.«

»Ja, haben Sie. Aber diese Eile. Wollten Sie nicht in Urlaub? Sie hätten ihn drinnen lassen können und in Urlaub gehen können, dann wäre es nicht ihr Problem gewesen. Und dann dieser Penner, ist doch nicht so schwer, einen zu finden. Ich verstehe Sie nicht, Santagata. Wollen Sie Ihr Leben lang Kommissar bleiben? Haben Sie keinen Ehrgeiz? Ich meine, gar keinen? Ich weiß ja nicht ...«

»Ich versuche nur, meine Arbeit korrekt zu machen.«

»Sicher, aber wenn ich mich richtig erinnere, war Ihr Verhalten vor ein paar Jahren nicht ganz so korrekt.«

»Meine persönlichen Angelegenheiten haben nichts mit meiner Arbeit oder diesem Fall zu tun«, versetzte der Commissario.

»Sie haben recht«, sagte der Präsident, »aber damals habe ich Ihnen geholfen.«

»Und wie, Sie haben versucht, mich zu versetzen.«

Der Präsident begriff, dass mit dem Commissario nicht zu reden war. Er stand auf, aber bevor er ging, fuchtelte er ihm mit dem Zeigefinger unter der Nase rum.

»Wenn dieser Genny Esposito dringeblieben wäre …«

»Wäre es für alle besser gewesen, ich weiß, das sagten Sie schon«, schnitt ihm der Commissario das Wort ab.

Der Präsident bebte vor Wut, wusste aber nicht, was er sagen sollte. Als er über den Flur lief, musste Scarano unbedingt noch einen draufsetzen.

»Auf Wiedersehen, Herr Präsident«, sagte er bierernst, »einen schönen Tag.« In einem Ton, wie nur er ihn draufhat.

Der Präsident beachtete ihn nicht, und als er das Kommissariat verließ, knallte er die Tür so fest zu, dass sie ihm beinahe um die Ohren flog.

Wir hatten nicht mal Zeit zu lachen, weil Cardillo völlig verschwitzt ankam. Sofort nölte Scarano rum, dass er die zehntausend Lire von der Wette kassieren wollte, weil der Commissario den Pianisten freigelassen hatte. Cardillo wollte erst nicht zahlen, dann sagte er, er hätte keine Kohle.

»Dann nehm ich mir den Ventilator«, sagte Scarano.

»Nicht den Ventilator«, rief Cardillo erschrocken.

»Her mit der Knete.«

»Scheiße, bist du geldgierig.«

Und er rückte das Geld raus.

»Acanfora!«, rief mich der Commissario in sein Zimmer.

Er saß immer noch am Schreibtisch. Irgendwas nagte an ihm, er versuchte gar nicht erst, es zu verbergen.

»Darf ich?«, fragte ich von der Tür aus.

»Komm, Acanfora, komm rein.«

Ich ging hinein, blieb aber stehen, weil ich nicht wusste, ob er eine Aufgabe für mich hatte. Der Commissario holte die falsche Whiskyflasche raus.

»Zum Glück ist da Tee drin, sonst würde ich heute Dummheiten machen.«

Er lächelte schief und nahm zwei, drei Schlucke.

»Dem Präsident haben Sie ganz schön eingeheizt, Commissario!«

»Dem? Der reißt doch nur das Maul auf, weil sie an seinem Stuhl sägen.«

Er trank noch ein bisschen Tee, dann wurde er wütend:

»Seit mehr als zehn Jahren stecken die sich alles ein. Und jetzt tun sie so, als wüssten sie von nichts, der Gestank, der hier durchzieht, geht sie nichts an.«

Vielleicht hatte das was mit den Verhaftungen von all diesen Politikern zu tun, aber weil ich es nicht genau verstand, fragte ich nach.

»Das Erdbeben, Acanfora. Mit dem Geld, das da

verschwunden ist, hätte die Stadt ein Traum werden können. Aber das kriegen wir ja offensichtlich nicht hin.«

Er legte die Flasche zurück in die Schublade.

»Zu Sarah habe ich jedenfalls eine Idee.«

»Was für eine Idee, Commissario?«

»Lass uns erst die Autopsie abwarten. Der Gerichtsmediziner hat gesagt, dass der Bericht noch heute Vormittag fertig ist.«

Cardillo steckte den Kopf zur Tür rein.

»Entschuldigen Sie, Commissario, da ist jemand.«

»Wer denn?«

Cardillo schwieg, irgendwie verschämt.

»Komm schon, sagst du mir, wer es ist, oder muss ich raten?«

»Ich weiß nicht, wie ich das erklären soll.«

»Dann erklär nichts, sondern lass ihn rein.«

»Commissario ...«

»Tu dir keinen Zwang an, lass diese geheimnisvolle Person rein.«

»Sie stinkt!«

»Wie – sie stinkt? Ist es ein Raubtier?«

»Eine Pennerin«

»Eine Frau?«

»Ja ... glaub ich.«

»Glaubst du?«

»Sie hat irgendwie 'nen Bart.«

»Los, nun mach schon, Cardì, schick sie her.«

Die Pennerin schleppte zwei volle Plastiktüten mit sich rum. Cardillo wollte, dass sie die im Nachbarzimmer ließ, aber keine Chance. Die stank wirklich ganz schön. Wie alt sie war, war schwer zu sagen, weil sie echt verwahrlost aussah. Und um zu erkennen, dass es eine Frau war, musstest du ganz schön genau hingucken. Sie stand da, schaute niemanden direkt an und schwieg.

»Setzen Sie sich doch, Signora«, sagte der Commissario.

Sie rührte sich nicht vom Fleck.

»Bitte sehr.« Der Commissario ließ nicht locker und wies auf einen Stuhl.

Sie dachte einen Moment drüber nach, dann überwand sie sich. Aber sie setzte sich auf die Kante, als hätte sie Angst, was schmutzig zu machen.

»Sie wollten mit mir reden?«

Sie nickte.

»Ich höre, Signora.«

Sie zog was aus ihrem BH und legte es auf den Schreibtisch. Es war ein Stück Papier, ein total zerknitterter Zeitungsausschnitt. Der Commissario nahm ihn und strich ihn glatt, um besser lesen zu können. Die Pennerin machte ein Zeichen mit dem Finger, ihn umzudrehen. Der Commissario tat das und erkannte das Foto von Sarah, das seit ein paar Tagen immer wieder in den Zeitungen auftauchte.

»Sind Sie wegen dem Mädchen hier?«

»Ja«, sagte sie.

»Wissen Sie etwas, das Sie mir erzählen wollen?«

Die Pennerin griff nach dem Zeitungsausschnitt. Sie streichelte Sarahs Bild und lächelte.

»Vielleicht hat sie Sarah gekannt«, sagte ich zum Commissario.

Die Pennerin nickte sofort.

»Meine Freundin«, sagte sie mit rauer Stimme.

»Und wie haben Sie sich angefreundet?«, fragte der Commissario.

Sie schaute mich an, war aber unsicher, ob sie reden sollte.

Deshalb schnappte ich mir einen Stuhl und hockte mich neben sie.

»Sarah war auch meine Freundin, weißt du?«

Sie lächelte nochmal und rang sich durch weiterzusprechen.

»Ich weiß nich so genau. Vor zwei Tagen, einer Woche? Ich weiß nich.«

»Macht nichts, sprich weiter.«

»Da war so'n tolles altes Haus. Mir tat's Bein weh, mich hat so'ne Töle gebissen.«

Sie zog die Hose hoch.

»Siehst du?«

Auf der Wade waren Bissspuren. Also war der Penner, der in Posillipo gesichtet worden war, kein Mann, sondern sie.

»Tat weh. Ich war müde.«

»Du wolltest dich 'n bisschen ausruhen?«

»War so heiß.«

»Richtig. Du hast gesehen, dass die Haustür offen stand und bist rein, oder?«

»Da war drinnen so'n Garten.«

»Und ein Brunnen, nicht wahr?«

»Ja, aber ohne Wasser. Ich hab mich auf die Wiese gelegt. Zum Schlafen. Zwei Stunden, dann wär ich weg gewesen.«

Der Commissario goss Tee in ein Glas und reichte es mir. Ich gab es der Pennerin, die ihn trank.

»Dann ist sie gekommen«, sagte sie mit einem Lächeln.

»Das Mädchen von dem Foto?«

»Ja, das Mädchen. Die war nett. Hat den Hundebiss gesehen und gesagt, dass sie was drauf tut. Ich hab gewartet. Dann ging irgendwo ein Fenster auf, und einer hat losgeschrien.«

»Ein Mann?«

»Ja.«

»War der böse auf dich?«

»Ja, er hat geschrien, dass er die Polizei holt, wenn ich nicht verschwinde, und noch andere Sachen. Ich hab meine Tüten genommen, aber da ist das Mädchen mit der Medizin gekommen. Sie hat mit dem am Fenster rumgestritten. Die ham ganz schön gebrüllt. Zum Schluss hat der geschrien, dass er ihr und mir was auf die Fresse gibt. Und hat das Fenster zugeknallt.«

»Das hat er gebrüllt – dass er dir was auf die Fresse gibt?«

»Ja, ich hab Angst gehabt. Das Mädchen hat gesagt, ich soll mir keine Sorgen machen. Sie hat den Biss sauber gemacht und dann gesagt, sie geht hoch und holt was zu essen. Aber als sie weg war, hat der wieder rausgeschaut und gebrüllt.«

»Erinnerst du dich dran, welches Fenster das war?«

»Der hat so gebrüllt. Ich wollte auf das Mädchen warten, weil ich hatte Hunger. Bin aber aus Angst abgehauen.«

»Auf welcher Etage war denn das Fenster?«

»Weiß nich«, sagte sie, »sah aus wie 'ne Kirche.«

»Eine Kirche?«, fragte der Commissario.

»Bunt, wie inner Kirche.«

Wir versuchten, mehr rauszukriegen, aber die Pennerin antwortete nicht mehr und stand auf.

»Is sie tot?«, fragte sie.

»Ja«, antwortete der Commissario.

Sie schaute einen Augenblick lang zu Boden. Als sie ging, schleifte sie ihre Tüten hinter sich her.

23.

Der Commissario parkte seinen Cinquecento unter einem Baum vor dem Haus. Wir sind rein und durch den Flur in den Garten, ohne genau zu wissen, was wir eigentlich suchten. Als wir im Erdgeschoss ein Fenster mit buntem Glas sahen, war uns sofort klar, was die Pennerin gemeint hatte. Das Fenster gehörte zur Wohnung von Cimmino, dem Ingenieur, der beim Katasteramt arbeitete und mit dem wir noch nicht hatten sprechen können. Wir versuchten es und klopften bei ihm, und das war schlau, denn wir erwischten ihn, als er grade weggehen wollte.

»Ich war auf dem Weg zu Ihnen«, sagte er.

Aber das hatte er sich wohl bloß ausgedacht.

»Dann können Sie sich die Mühe ja sparen, Ingegnere«, sagte der Commissario.

Er bat uns rein.

Ich schätzte ihn auf über fünfzig. Er reichte mir nicht mal bis zur Schulter. Haare hatte er nur an den Seiten, kurz geschnitten. Er war elegant gekleidet, aber lässig, mit Jeans und Leinenjacke, der hatte sicher Kohle. Die Beine waren kurz und dünn und standen im Gegensatz zu seiner Wampe, die unter der Jacke hervorguckte. Auch das Gesicht war rund und rosa und erinnerte mich an ein Schwein. Ich zwang mich, den Gedanken zu vertreiben, schaffte es aber nicht.

Als wir reinkamen, guckte sein Vater aus einem Zimmer heraus, der, mit dem wir am ersten Tag gesprochen hatten und der ein wenig verwirrt war. Er starrte uns komisch an und hob die Hand zum Gruß. Der Ingenieur rüffelte ihn sofort.

»Papà, bitte. Bleib in deinem Zimmer.«

Und ohne viel Aufhebens schob er ihn hinein.

Dann gingen wir ins Wohnzimmer. Es war modern eingerichtet, mit so komischen Lampen, die sich wie Schlangen wanden. Auch die Stühle, der Tisch und die Sessel sahen aus wie aus einem Science-Fiction und waren sicher arschteuer.

Der Ingenieur sagte, dass er uns keinen Kaffee anbieten könnte, weil er grade keinen hätte, aber gern ein Bier oder einen Aperitif.

»Nein danke«, sagte der Commissario, »wir wollen Sie nicht aufhalten.«

»Ich bin heute Morgen wirklich ein wenig in Eile«, antwortete der Ingenieur.

Er hatte uns nicht mal einen Stuhl angeboten.

»Dann kommen wir schnell zur Sache«, sagte der Commissario. »Sie kannten Sarah Lo Russo gut?«

»Nur vom Sehen.«

»Wir wissen, dass Sie vor ein paar Tagen mit dem Mädchen gestritten haben.«

»Ich?«

»Wegen einer Pennerin.«

»Ach so«, sagte der Ingenieur lächelnd, wurde aber rot.

»Stimmt das, Ingegnere?«

»Natürlich nicht. Das ist Ihnen falsch vermittelt worden.«

»Sie hätten zu der Pennerin und dem Mädchen gesagt: Ich geb euch was auf die Fresse.«

»Entschuldigen Sie, aber das ist nicht meine Art zu reden.«

»Dann erzählen Sie uns doch, was passiert ist.«

»Gar nichts. Ich habe diese Frau unten im Garten gesehen und Verdacht geschöpft. Vom Fenster aus habe ich sie gefragt, was sie will, und sie hat nicht geantwortet. Ich habe gesagt, dass ich die Polizei hole, aber da kam Sarah und hat mir die Situation erklärt, woraufhin ich nichts mehr gesagt habe. Sondern angeboten, die Frau in die Notaufnahme zu bringen.«

Ich dachte, egal, was der uns jetzt vorlog, es gab niemanden mehr, der widersprechen konnte.

»Wo waren Sie an dem Tag, an dem das Mädchen gestorben ist, Ingegnere?«

»Zuhause.«

»Wie?«, fragte ich. »Ihr Vater hat gesagt, Sie wären nicht in Neapel.«

Das brachte ihn einen Moment lang aus der Fassung, er fing sich aber gleich wieder.

»Papà ist verwirrt. Wer weiß, was er gedacht hat.«

»Aber wenn Sie zuhause waren, werden Sie doch irgendwas gehört haben«, sagte der Commissario.

»In der Tat. Um ungefähr Viertel nach drei, zwei Pfiffe von der Straße.«

»Haben Sie diese Pfiffe vorher schon mal gehört?«

»Öfters. Das war der Freund von dem Mädchen, der pfiff so. Alle im Haus wussten das.«

»Sonst noch was?« Der Commissario ließ nicht locker.

Der Ingenieur zog seine Jacke aus und legte sie über den Stuhl.

»Eine halbe Stunde später habe ich jemanden schreien hören, Hilferufe. Es war eine Frauenstimme, wahrscheinlich das Mädchen.«

»Und diese Hilferufe, kamen die von drinnen oder draußen?«

»Auf jeden Fall von drinnen. Das habe ich dann noch zwei- oder dreimal gehört. Kurz danach kam dann so etwas wie ein Schlag.«

Die Sache mit dem Schlag war neu.

»Was für ein Schlag?«, fragte der Commissario.

»Hm, keine Ahnung. Als ob was die Treppe runterfällt.«

»Etwas oder jemand?«

»Ja, hätte auch ein Mensch sein können.«

Er dachte einen Augenblick lang nach.

»Und dann habe ich auch jemanden weinen gehört, wenn ich mich nicht irre.«

Bis dahin war ich still gewesen, aber als der Ingenieur all das erzählt hatte, rastete ich aus.

»Was? Sie hören das Mädchen um Hilfe rufen, hören, wie sie die Treppe runterfällt und weint und gehen nicht raus, um nachzusehen?«

Der Ingenieur zuckte mit den Schultern.

»Wissen Sie, ich habe meinen Vater hier. Man merkt es ihm nicht an, aber er ist sehr krank. Ich war mit ihm beschäftigt.«

»Sie wollten es dem Mädchen doch nicht etwa wegen der Pennerin heimzahlen, Ingegnere?«, fragte ich.

Er lächelte schief, kniff die Augen zusammen und starrte mich an, als wollte er mich erschießen.

»Ich kümmere mich um meine eigenen Angelegenheiten«, sagte er.

Sein Ton war so kalt, dass ich einen Schreck bekam und unwillkürlich einen Schritt zurückwich. Auch der Commissario erstarrte und wusste nicht, was er sagen sollte.

»So, und jetzt muss ich arbeiten, wenn Sie nichts dagegen haben«, sagte der Ingenieur. Er zog die Jacke über und ging zur Wohnungstür.

Ich hoffte, der Commissario würde was sagen, irgendwas. Nichts. Beim Rausgehen, als er uns herausfordernd anschaute, als wollte er uns verarschen, packte ich ihn am Kragen und drückte ihn gegen die Wand. Da ließ er zwar die Faxen, aber der Commissario zog mich schweigend weg, und wir verschwanden, während der Ingenieur zeterte, dass er uns verklagen würde.

Im Auto schwiegen wir, bis wir im Kommissariat angekommen waren.

»Commissario, hätten Sie den nicht verhaften können?«, fragte ich beim Aussteigen.

Er seufzte.

»Hol zwei Kaffee, die können wir jetzt brauchen.«

»Ja, mach ich.«

»Nimm Eiskaffee, es ist heiß genug.«

Ich steckte die fünftausend Lire ein, die er mir gab, und machte mich auf den Weg.

24.

Die Bar, in die wir normalerweise gingen, war zu. An den Rollläden hing ein Schild: »Wegen Ferien geschlossen«. Drunter hatte jemand mit Filzstift »Werdet schön braun!« geschrieben.

Ich machte mich auf die Suche nach einer anderen Bar, während mir von der Sonne das Hirn brutzelte und die Stimme vom Ingenieur immer noch im Kopf rumging. Mit manchen Leuten kannst du nicht reden, denen musst du einfach nur aufs Maul hauen und basta. Und richtig glauben tat ich ihm auch nicht. Erst mal hatte er sich mit Sarah gestritten. Und dann stimmte es nicht, dass er nicht in Neapel gewesen war. Irgendwie musste der Ingenieur was damit zu tun haben. Wenn ich mit dem Kaffee zurückkam, würde ich das dem Commissario sagen.

Ich ging zu der Bar in Santa Lucia, aber die hatte auch zu.

Schließlich latschte ich wegen dem Kaffee bis zur Piazza Trieste e Trento. Der Platz war menschenleer, aber wenigstens hatte das Gambrinus auf. Zwei Touristen mit Sonnenbrand tranken an einem der Tische ihr Bier. Während ich auf den Kaffee wartete, kam die Pennerin vorbei, die uns von Sarah erzählt hatte. Sie schob einen Wagen vor sich her, der mit Kisten vollgestopft war, und als sie mich sah, wusste ich nicht, ob sie mich erkannte oder nicht. Sie fragte mich nach einer Zigarette. Ich gab ihr das ganze Päckchen und das Wechselgeld vom Kaffee. Sie stopfte sich Geld und Zigaretten in den Ausschnitt und schob ihren Wagen weiter.

Auf dem Rückweg machte ich einen Umweg unter dem Säulengang der Kirche entlang, um aus der Sonne zu kommen. Trotzdem war ich außer Atem und brauchte doppelt so lange. Als ich wieder im Kommissariat war, war ich schlimmer durchgeschwitzt als in Afrika. Ich sehnte mich nach einer eiskalten Dusche und frischen Sachen, aber bis zum Abend keine Chance – falls wir dann mal wieder Wasser hatten.

Ich stellte den Kaffee auf den Schreibtisch und ging aufs Klo, um mir das Gesicht zu waschen und den Schweiß abzuwischen.

Als ich vom Klo kam, hörte ich ein Telefon klingeln.

Es klingelte, aber keiner ging ran.

In dem Moment, als ich mich umschaute, sah ich, dass keiner da war. Vorher hatten mich die Hitze und der Traum von einer Dusche so abgelenkt, dass ich nichts bemerkt hatte. Erst jetzt fiel es mir auf.

Niemand an den Tischen, an der Schreibmaschine oder am Kopierer, nicht mal der Kollege aus der Portiersloge war da. Und das Telefon klingelte weiter ins Leere.

Das war sehr merkwürdig.

»Wo seid ihr?«, rief ich laut.

Nichts. Keine Antwort.

Das Telefon hörte auf zu klingeln, und es war so

still, dass ich Angst bekam. Nur Cardillos Ventilator lief, erst in eine Richtung, dann in die andere. Während er lief, machte er ein Geräusch wie ein verwundetes Tier.

Ich rief nochmal, aber niemand antwortete.

Wo waren die bloß alle?

In diesem Augenblick kam es mir so vor, als hätte ich hinten was gehört, im Zimmer vom Commissario. Also ging ich den Korridor lang, aber vorsichtig, weil ich nervös war. Außerdem machte mir die Stille ein wenig Angst, und ich öffnete die Pistolentasche.

Dann stand ich vor der Tür vom Commissario, die angelehnt war. Nichts zu hören.

Ich nahm allen Mut zusammen, legte die Hand auf die Pistole, schob die Tür vorsichtig auf und schaute rein.

Alle waren sie da. Cardillo, Scarano, Musella, Cipriani, Lo Masto, Cerasella und der Kollege aus der Portiersloge. Alle. Wie angewurzelt standen sie schweigend um den Schreibtisch vom Commissario und guckten komisch.

Der Commissario saß mit zwei Blättern in der Hand und versteinerter Miene da, keine Ahnung, was ihm durch den Kopf ging.

»Was ist denn hier los?«, fragte ich.

Der Commissario warf mir einen kurzen Blick zu. Dann legte er die Blätter auf den Schreibtisch und trommelte drauf rum.

»Der Fall ist gelöst«, sagte er mit ganz fremder Stimme.

»Ach ja?«

Ich schaute in die Gesichter meiner Kollegen, um was zu kapieren, aber sie schwiegen weiter.

»Wer hat sie denn umgebracht?«

»Keiner«, sagte der Commissario.

Ich lächelte dümmlich.

»Wie, keiner?«

Der Commissario hob eins der Blätter hoch.

»Das ist der Autopsiebericht«, sagte er.

Und nach einer Pause:

»Der Tod des Mädchens wurde von einem Hirnschlag verursacht.«

Ich war wie betäubt und verstand nicht, was das hieß.

Bewegung, ich wollte ein paar Schritte tun. Stillstehen konnte ich nicht, deshalb ging ich langsam hin und her, während ich die Stimme vom Commissario im Ohr hatte, die immer wieder »Hirnschlag« sagte. Als ob dieses Wort alles aufklären würde, ich es aber einfach nicht kapierte. Es war kaum Luft in dem Raum, deshalb öffnete ich das Fenster, und eine Hitzewelle vermischte sich mit meinen immer langsamer und schwerer werdenden Gedanken. Mir fiel ein Onkel ein, der daran gestorben war. Aber der war fast hundert gewesen, junge Leute kriegen doch so was nicht.

25.

»Manchmal eben doch«, sagte der Gerichtsmediziner und zog sich einen Gummihandschuh über. Er war dünn und nervös, hatte ein kantiges Gesicht und blaue Augen, die so schneidend und kalt waren wie der Ort, an dem wir uns befanden. Auf dem Marmor ein mit einem Tuch bedeckter Körper und ein Geruch, der mich an die Zuckerwatte auf Volksfesten erinnerte.

»Das Mädchen«, fuhr der Arzt fort, »hatte einen angeborenen Defekt, von dem, so scheint es, keiner was wusste. Und dieser Defekt«, sagte er und zog sich den anderen Handschuh an, »hat völlig überraschend den Schlag verursacht.«

»Ist ein Hirnschlag nicht sofort tödlich?«, fragte der Commissario.

»Nicht immer«, sagte der Arzt. »In einigen Fällen hat man noch Zeit, Hilfe zu holen.«

Das war es also.

Sarah war es nach dem Telefonat mit ihren Eltern schlechtgegangen. Sie war allein zuhause. Bei den ersten Anzeichen hatte sie einen Schreck bekommen und war aus der Wohnung raus. Sie hatte nach jemandem gesucht, hatte um Hilfe gerufen. Nichts, niemand hatte ihr geholfen. Deshalb wollte sie raus auf die Straße, an die frische Luft, ans Licht. Sie dachte, dass draußen sicher Leute waren, die ihr helfen würden. Aber in der Zwischenzeit verließen sie die

Kräfte. Sie klammerte sich ans Aufzuggitter, dann wollte sie die Treppe runter. Aber dort verlor sie das Gleichgewicht, rutschte aus, fiel die gesamte Treppe runter und schlug mit dem Kopf gegen die Treppenkante. Dann versuchte sie, nochmal aufzustehen, und lehnte sich an die Wand, machte ein paar Schritte in Richtung Tür, aber inzwischen waren ihre Arme und Beine bleischwer.

Schließlich lag sie am Boden und konnte sich nicht mehr rühren. Sie schrie und weinte über eine halbe Stunde lang.

Das hatte alles nichts geholfen.

Nur die philippinische Haushälterin war vorbeigekommen. Die sich nicht einmischen wollte und in die Wohnung verschwunden war.

Und so war Sarah schließlich gestorben.

Allein.

Nur die Katze hatte sie gesehen und nicht verstanden, was los war.

Der Commissario nieste und sagte, wir sollten jetzt besser gehen. Er dankte dem Arzt und ging in Richtung Tür. Aber ich wollte noch was wissen und konnte vorher nicht weg.

»Denken Sie, Sarah hätte überlebt, wenn ihr jemand geholfen hätte?«, fragte ich den Arzt.

»Als Gerichtsmediziner kann und darf ich mich nur auf Fakten verlassen, nicht auf Hypothesen. Und die Fakten sagen, dass das Mädchen an einem Gehirnschlag gestorben ist.«

»Komm, wir gehen«, sagte der Commissario zu mir.

Ich war noch nicht fertig.

Der Arzt schob sich die Maske vor den Mund und wollte das Tuch hochheben. Dann hörte er auf und guckte mich einen Moment lang mit seinem schneidenden Blick an.

»Gut möglich«, sagte er.

»Was ist gut möglich?«, fragte der Commissario.

Der Arzt schob die Maske runter.

»Die Frage Ihres Kollegen«, erklärte er. »Man könnte die Hypothese aufstellen, dass das Mädchen hätte gerettet werden können, wenn ihr jemand Hilfe geleistet hätte. Es war kein besonders schwerer Hirnschlag, es hätte gereicht, sie ins Krankenhaus zu bringen.«

»Und dann?«, fragte der Commissario. »Wäre sie wieder gesund geworden?«

»Wenn ich mir die Stelle anschaue, an der die Blutung aufgetreten ist, glaube ich, dass sie in ein paar Monaten wieder vollständig gesund geworden wäre.«

Ich weiß nicht, ob der Commissario und ich in diesem Moment dasselbe gedacht haben. Jedenfalls war es so, als ob der Gerichtsmediziner unsere Gedanken gelesen hätte.

»Bitte denken Sie daran, egal, wie plausibel das ist, es ist nur eine Hypothese, die vor keinem Gericht der Welt zu beweisen ist.«

Der Commissario bestellte sich einen Saft. Ich wollte nichts trinken, mir war immer noch flau im Magen.

»Also lagen wir völlig daneben«, sagte der Commissario.

»Was?«

»Dass sie gar keiner umgebracht hat.«

»Ach so.«

»Vielleicht ist es besser so.«

»Ich weiß nicht.«

Er trank von seinem Saft.

»Wann hast du Urlaub?«, fragte er.

»Was?«

»Urlaub?«

»Haben Sie gehört, was der Doktor gesagt hat?«

»Der Doktor?«

»Über Sarah.«

»Acanfora ...«

»Das haben Sie verstanden, oder?«

»Es ist eine Hypothese.«

»Sie hätte vielleicht gerettet werden können.«

»Vielleicht.«

Ich seufzte und bestellte ein Bier.

»Fahren Sie morgen?«, fragte ich.

»Nach Agropoli.«

»Da war ich noch nie.«

»Dort ist es ruhig.«

»Liegt das am Meer?«

»Da ist so viel Meer, wie du willst.«

»Und was machen Sie, am Strand rumliegen?«

»Von wegen Strand – ich habe einen Holzkahn und will zwei Wochen lang keinen sehen.«

»Mein Großvater hat Holzboote gebaut.«

»Wer weiß, vielleicht ist es eins von seinen.«

»Das fand ich toll, dass aus dem Nichts ein Ruder entsteht, eine Ruderpinne, ein halbes Boot.«

Ich trank mein Bier.

»Wenn du zwei Tage frei hast und kommen willst, ich habe Platz genug«, sagte er.

»Danke, Commissario.«

»Hauptsache, du kannst fischen.«

»Und wie! Mit Angelschnur, Angelrute, Schleppnetz, nach Kalmaren ...«

»Na, dann kannst du ja kommen.«

Wir lachten ein wenig.

»Irgendwer muss zu Sarahs Eltern«, sagte er.

Ich antwortete nicht.

»Wenn du nicht willst, schicke ich Scarano oder Cipriani. Wie du willst.«

Ich schwieg immer noch.

»Und?«

»Na gut.«

»Na gut was?«

»Ich geh hin.«

26.

Als ich ihr die Sache mit dem Hirnschlag sagte, machte Sarahs Mutter ein Geräusch mit den Zähnen, als ob du mit Schmirgelpapier über Holz reibst. Sie saß kerzengerade in ihrem Sessel und strich sich mit den Händen über die Beine. Und knirschte mit den Zähnen.

»Also war es ein Unglück?«, fragte der Vater.

Er saß auf dem Sofa, etwas zu mir gebeugt, ab und zu zuckte die Schulter, das war dieser Tick.

»Ja«, sagte ich, »das konnte man nicht wissen.«

Dass man sie vielleicht hätte retten können, wenn jemand da gewesen wäre, sagte ich nicht. Keine Ahnung, ob das richtig oder falsch war, ich dachte aber, dass das den Schmerz noch schlimmer gemacht hätte.

»Hörst du?«, sagte er zu seiner Frau. »Niemand hat unsere Tochter umgebracht.«

Sarahs Mutter machte immer noch dieses Geräusch mit den Zähnen. Seine Schulter zuckte schlimmer.

»Also war es Schicksal«, sagte er zu mir.

»Ich muss weiterspülen«, sagte sie. Sie stand auf und ging in die Küche.

Er blieb sitzen, sein Blick ging ins Leere. Ich hatte den Eindruck, dass seine Augen feucht wurden.

»Und jetzt?«, fragte er.

Ich wusste nicht, was ich sagen sollte.

Man hörte in der Küche Glas zerbrechen. Er stand

auf und lief hin, um nachzuschauen. Ich wusste nicht, ob ich ihm folgen sollte.

Aus der Küche kamen Stimmen.

»Alles in Ordnung?«, fragte er.

»Mir ist ein Glas kaputtgegangen«, sagte sie.

»Hast du dir wehgetan?«

»Nein.«

»Du hast Blut an der Hand.«

»Es ist nichts.«

»Ich hole Desinfektionsmittel.«

»Es ist nichts.«

»Das blutet ja noch, halt still.«

Er kam zurück ins Wohnzimmer.

»Meine Frau hat sich an der Hand verletzt.«

»Kann ich helfen?«

»Nein, es geht. Aber ich muss Sie jetzt verabschieden.«

»Natürlich. Auf Wiedersehen.«

»Auf Wiedersehen.«

Auf dem Treppenabsatz blieb ich einen Augenblick lang stehen und atmete tief durch, weil ich keine Luft bekam. Während ich so dastand, lief es mir kalt den Rücken runter, als ob plötzlich jemand rauskommen, sich auf mich stürzen und ohne Grund umbringen könnte. Das war vollkommen idiotisch, aber so kam es mir vor. Als ich die Treppe runterging, fiel mir auf, dass die Katze nicht mehr im Flur war.

Bevor ich rausging, warf ich einen Blick dorthin, wo ich Sarah gefunden hatte. Ich wollte was hinlegen, eine Blume, ein Gedicht, irgendein Zeichen. Dann ließ ich es bleiben, es hätte ja nichts geändert.

Draußen auf der Straße wurde es dunkel.

Ich drehte mich nochmal nach dem Haus um. Hinter den Fenstern sah man den weißen Schimmer der Lampen oder das Blau der Fernseher. Ab und zu einen Schatten. Ein Licht, das an- und ausging. Irgendwann kam es mir so vor, als ob ein Mann hinter einem Fenster hervorspähte.

Ich fühlte, dass mir die Luft nicht mehr durch die Lungen strömte, irgendwas dort nahm mir den Atem, als ob mein Hals in einem Schraubstock steckte, der mich würgte.

»Wenn einer rausgegangen wäre, um ihr zu helfen«, schrie ich, »hätte sie gerettet werden können. Ihr hattet Angst. Feiglinge!«

Das Rollo an dem Fenster, hinter dem einer stand, ging runter.

»Elende Feiglinge«, sagte ich leise und ging weg, aber irgendwas ließ mir keine Ruhe.

27.

Der Kran hob den Sarg in die Luft und ließ ihn hoch über uns schweben, so als wollte er, dass Sarah die Welt zum letzten Mal von oben sah. Ihre Eltern, Verwandte und andere, die ich nicht kannte, standen ringsum, aber es war so, als würde ich keinen sehen und nicht verstehen, was passierte.

Dann wurde der Sarg runtergelassen.

Unten in der Grube ließ der Kran ihn los, und der Sarg schlug dumpf auf den Boden. Sarahs Mutter wandte den Blick ab, schlug eine Hand vor den Mund und zwang sich, nicht zu weinen. Ihr Mann stützte sich auf ihre Schulter, als ob er sich allein nicht auf den Beinen halten könnte. Dann fing er sich wieder, nahm einen Blumenstrauß und warf ihn in die Grube. Zehn Meter weiter, etwas abseits, sah ich den Anwalt Santoro und den Lehrer stehen.

Ich wusste nicht, was ich machen sollte. Ich wusste nicht mal, warum ich überhaupt zu der Beerdigung gekommen war.

Oder vielleicht doch.

Ich war hier, weil so kannst du nicht leben – so tun, als ob du nicht verstehst, was um dich rum passiert. Genau das hatte ich bis jetzt immer gemacht. Mich nur um meinen Kram gekümmert. Um sonst nichts. Als ob alles andere nicht da wäre.

Inzwischen war der Himmel dunkel geworden. Vom Meer zogen schwarze Wolken auf, von kaltem

Wind getrieben. Gleich regnete es, die Hitze war vorbei.

Ein Mann mit Schippe und schmutzigen, am Knie zerrissenen Trainingshosen wartete auf den Befehl, die Grube zuzuschaufeln.

Ich blieb einen Moment lang unsicher stehen, dann entschied ich mich hinzugehen. Ich nahm eine Handvoll Erde und warf sie ins Grab. Sarahs Mutter sah mich. Wir schauten uns schweigend an. Sie lächelte traurig. Ich ging zu ihr und umarmte sie. Sie drückte mich fest, und ich spürte, wie ihre Schultern zitterten. So blieben wir schweigend stehen. Dann hatte sie sich beruhigt, und ich löste mich vorsichtig von ihr.

Ich schaute ein letztes Mal in die Grube und ging weg.

Ein Windstoß warf einen Blumentopf auf die Erde. Ein Priester rannte vorbei, hielt mit einer Hand seine Kutte fest und mit der anderen seinen Hut.

Bevor ich vom Friedhof wegging, drehte ich mich nochmal um.

Der Mann im Trainingsanzug schaufelte Erde auf das Grab. Sarahs Mutter hatte eine dunkle Sonnenbrille aufgesetzt und stand still und reglos mit verschränkten Armen da. Eine Frau neben ihr tröstete sie, aber sie hörte nicht hin. Ich beobachtete, wie der Anwalt Santoro auf Sarahs Vater zuging. Es sah aus, als würde der Wind ihn Schritt für Schritt hintragen. Als er bei ihm war, streckte er die Hand aus, um zu kondolieren. Sarahs Vater rührte sich zwei, drei Sekunden lang nicht. Dann drehte er ihm den Rücken zu, ohne ihm die Hand zu geben. Und der Anwalt stand da mit seiner ausgestreckten Hand, ohne zu wissen, wohin damit.

Kaum war ich vom Friedhof runter, donnerte es wie aus Kanonen, und sofort heulten die Alarmanlagen los.

Eine Minute später fing das Gewitter an. Um mich rum rannten alle los, einige mit einem Karton über dem Kopf, andere sprangen in einen Hauseingang oder suchten anderswo Schutz. Ein Junge hatte sich die Schuhe ausgezogen und lief barfuß durchs Wasser, zwei stritten sich um ein Taxi, und die Kellner holten schnell die Tische vor der Bar rein. Jemand schrie, beeilt euch, eine Alte rief alle Heiligen des Fegefeuers an, dann tauchten wie aus dem Nichts die Schirmverkäufer auf. Die Alarmanlagen heulten weiter, dazu hupte es überall, und der Donner zerriss den Himmel.

Es kam mir so vor, als ob die Stadt plötzlich aus ihrem Schlaf erwacht wäre, aber ohne dass es hell wurde. Es blieb Nacht.

Langsam lief ich los zur Vesuviana, mit der ich nach Torre del Greco fahren würde. Ich ging zu Fuß, vorbei an den verlassenen Fabriken, der Regen fiel in Schauern, und der kalte Wind blies mir ins Gesicht.

Dank

Ich möchte mich bei Pierpaolo Sepe und Massimo Andrei bedanken, die die Geburt dieser Geschichte erlebt haben.

Und bei Paolo Nuzzi, der so hilfreich und freundlich wie immer war.

Vor allem aber bei Ena Marchi, meiner Lektorin bei Adelphi, für ihre steten und unbezahlbaren Ratschläge, für die ich ihr immer dankbar sein werde.